La Cu

Magique

Grimoire Secret

Catherine d'Auxi

Droits réservés (copyright)

Année du Copyright: 2013
Note de Copyright: par Catherine d'Auxi
Tous droits réservés.
© *2013*

ISBN 978-1-291-54482-4

Avec Angèle, Mon arrière-grand-mère, Mage Cuisinière, Esprit relai.

*A la **Mère Divine***

A Yann, Sébastien et Julie pour lesquels j'ai cuisiné et je cuisine avec Amour.

A maman, qui m'a donné le goût du travail bien fait.

Généralités
La Cuisine magique, préparation à la Magie Rituelle de la Mère Divine

La magie rituelle est une Déesse.

La Femme est Magie, tout ce qu'elle fait peut se transformer en sacré si elle sait comment faire (elles ont ça en elles, on n'y peut rien). **Ce qui se passe ici, c'est qu'une femme montre à tous ceux qui ont des yeux pour voir, comment sacraliser le quotidien.** n **cela** je m'incline car **cela** vient de la MERE. En comprenant ce qu'il y a derrière cette intention, nous pouvons aborder la liberté rituélique à venir... En fait, comme elle présente les faits, à partir d'ingrédients connus, elle fait du sacré, nous tous devons prendre exemple sur ce qu'elle fait avec la nourriture qui est le symbole de la substance Mère... pour la création de rituels personnels qui sont les plus puissants qui soient s'ils sont vécus par la tête, le cœur et le corps...

Arathos

En quoi la Cuisine Magique est-elle magique ?

Les condensateurs fluidiques *Extrait du Livre de Franz Bardon – le Chemin de la Véritable Initiation Magique*

Considérations générales

On peut charger chaque objet à l'aide de la visualisation et de la volonté, d'un fluide électrique ou magnétique, d'un ou plusieurs Eléments ou bien d'Akâsha. Cependant, selon la Loi d'Analogie et selon les expériences, il est apparu que les objets et les liquides ne retiennent pas tous, avec la même durée, une charge. En effet, de même qu'il y a de bons, de mauvais conducteurs de l'électricité, du magnétisme et de la chaleur, il existe des bons conducteurs des forces supérieures et d'autres qui sont moins appropriés. Les bons conducteurs ont donc une énorme capacité d'accumulation, puisqu'ils peuvent emmagasiner les forces concentrées et conserver celles-ci à volonté. En Science Hermétique, des accumulateurs semblables sont appelés condensateurs fluidiques .

Ils se divisent en trois groupes principaux :

- les condensateurs fluidiques solides :

A ce groupe appartiennent avant tout les résines et tous les métaux et parmi ceux-ci l'or. D'infimes traces d'or, même des particules de la dimension d'un atome, donnent aux liquides une fabuleuse capacité de condensation. C'est pourquoi on ajoute toujours de l'or, en très petite quantité, aux condensateurs fluidiques.

- les condensateurs fluidiques liquides :

A ce groupe appartiennent les laques composées de résines, les huiles, des teintures et des extraits qui sont fait à partir de plantes déterminées. De même que l'or tient le premier rang parmi les corps solides, puisqu'il est analogue au soleil, le sang humain ainsi que le sperme ont le rang de l'or parmi les corps liquides. Ils peuvent parfois remplacer totalement ce métal car d'infimes traces de sang et de sperme, introduites dans un liquide, donnent à celui-ci une excellente capacité d'accumulation.

- les condensateurs aériens :

A ce groupe appartiennent les parfums, les essences, les eaux de senteur, les fumigations. Il existe deux sortes de condensateurs fluidiques, les condensateurs simples et universels à la fois, qui sont préparés avec une seule substance ou une seule plante que l'on peut utiliser pour presque toutes les opérations. La deuxième sorte offre des condensateurs fluidiques composés ; ils sont préparés avec plusieurs substances ou plusieurs plantes et possèdent des propriétés d'accumulation particulièrement fortes... .

La cuisine et la Magie, le début d'une quête initiatique

Nous croisons des personnes d'évolution spirituelle différente et c'est heureux, c'est ce qui nous fait tous progresser. Partant de là, il en est de la Cuisine Magique comme de la Magie de nos campagnes. Rudimentaire parfois, imparfaite souvent mais le tout n'est pas de bien faire, avec des mots très précis, avec des rites très précis mais surtout de croire en ce qu'on fait, d'être habité.

Certain(e)s de ceux et celles qui vont me lire ne font pas de Rituels, prient parfois ou pas et s'intéressent de près ou de loin à la spiritualité.

Ceux-là, peut-être, seront intéressés d'entrer dans ce Monde de la Magie par la petite porte, celle de la cuisine, que j'entrebâille ici. Si votre évolution vous laisse à penser qu'il s'agit de Petite Magie, voire de bêtise, soyez tolérants.

Vous pourrez aussi réaliser ces recettes sans y mettre la magie, juste pour vous engager dans un partage d'amour, en famille ou entre amis.

Quelques conseils :

• Quand vous préparez vos aliments dans un but spécifique, cuisinez avec soin, en étant concentré(e) et sans perdre de vue le but à atteindre. C'est aussi et surtout avec cette pensée que vous chargez les aliments. Cuisinez avec amour, insufflez l'amour dans votre préparation, c'est la véritable base fondamentale de la Cuisine Magique de la Mère.

- Remuez toujours dans le sens des aiguilles d'une montre. Cela harmonise avec l'énergie solaire et attire le succès (à votre action).
- Coupez les aliments dans des formes symbolisant votre souhait (en forme de cœur...)
- Si vous cuisinez pour d'autres personnes, il convient que vous ayez le cœur pur de façon à ne pas procéder en *manipulant* ceux qui mangeront avec vous. Vous devez aussi être en totale symbiose avec la Mère de façon à ce que la préparation agisse pour le bonheur de vos convives. Soyez vigilant(e) sur ce point particulier.

Fil conducteur

Tout au long de la conception de la recette, les phrases de Pouvoir sont indiquées. Vous pouvez, aussi, au moment de manger dire les 5 contemplations pour recevoir la nourriture.

- *Cette nourriture, don de tout l'univers, du ciel, de la terre et d'innombrables êtres vivants, est le fruit d'un travail difficile.*
- *Mangeons-la avec pleine conscience et gratitude afin d'en être digne.*
- *Observons tout ce qui nous empêche de manger avec modération, de manière à le transformer.*
- *Ne prenons que les aliments qui nous nourrissent et nous maintiennent en bonne santé.*
- *Nous acceptons cette nourriture pour réaliser la pratique de la Voie de la Compréhension et de l'Amour.*

Rendre grâce, c'est aussi, prendre le temps de manger, de savourer. Pensez que cette nourriture est curatrice, visualisez l'énergie qui entre dans votre corps.

Ce qui va changer ensuite pour chaque recette, ce sont :

- Les ingrédients et leurs propriétés magiques, et leur correspondance avec les planètes et les Eléments par exemple pour le miel, Planète : Soleil - Elément : Feu
- Les quantités en fonction de leur symbolisme, Exemple le chiffre 1 qui est l'origine de tout. Il n'admet aucune division, ni pluralité, ni discorde. Il est l'essence.

- Les Paroles de Pouvoir vont charger la recette et rendre la préparation magique. Ces formules magiques, pour certaines, ont été glanées tout au long de ma carrière de Mage Cuisinière. Pour d'autres, notamment celles relatives à la cueillette, la préparation, la charge des aliments m'ont été transmises par mon arrière-grand-mère Mage Cuisinière Angèle.

Lorsque votre plat est prêt, mettez vos deux mains au-dessus du plat, paumes vers la préparation et vous visualisez une Lumière intense qui sort de vos mains et intègre la préparation. Cette Lumière passe par le sommet de votre crâne, descend dans vos deux bras pour ressortir par le milieu des mains.

Votre préparation devient magique dès l'instant où vous êtes dans la disposition d'esprit de véhiculer la Force Divine. Faire toutes ces recettes, sans y mettre cette Force d'intention, n'est pas pratiquer la Magie.

Les ustensiles

Les ustensiles ou outils les plus importants sont les aliments et la charge réalisée au moyen des Mots de Pouvoir et de l'insufflation de la Lumière. Les autres instruments sont nécessaires à la préparation et à la cuisson de repas puissants. Pour pratiquer la cuisine magique, il n'est pas indispensable d'utiliser un chaudron et une cheminée (même si c'est idéal).

Il vous faut donc :

- un four

Le four est un symbole du divin. On y effectue le procédé de transformation. Il est chaud et lumineux. Chaleur solaire masculine ou chaleur lunaire féminine selon son utilisation.

- un chaudron magique

Longtemps associé aux sorcières dans l'imagerie populaire, le chaudron est honoré comme le symbole de la Déesse Mère au même titre que le bol, le saladier ou encore les pots. Privilégiez la fonte ou le cuivre, et évitez l'aluminium. Un faitout fera l'affaire.

- Les assiettes

Probablement utilisées avant les bols car faits de feuilles ou d'écorces d'arbres. Symbolisent le Soleil et l'Elément Terre. Représentent le monde physique, l'argent ou l'abondance. Toute assiette en matériaux naturels est utilisée en magie (pas de plastique).

- une cuillère en bois pour mélanger

- un couteau de cuisine avec manche blanc. Placé sous le signe de Mars et du Feu, il est utilisé aussi bien pour menacer (protection puissante) que pour affirmer la vie (lorsqu'il sert à la cuisine).

- une cuillère à soupe en inox

La cuillère est un bol avec un manche. Elle est donc en rapport avec la Lune et l'Elément Eau.

- une fourchette

La fourchette est en rapport avec Mars et l'Elément Feu. Peut jouer un rôle dans la cuisine de protection (y compris en les enterrant pour chasser toute négativité).

- un saladier et un bol en verre

Les saladiers et les bols ont la même symbolique. Les plus anciens récipients étaient les coupes formées avec les mains. Comme les instruments en rapport avec la Lune et l'Elément Eau, ils possèdent des propriétés liées à l'énergie amoureuse et peuvent ainsi, par leur forme, être des coupes d'amour. Certaines cultures anciennes voyaient dans le bol ou dans le pot, le symbole de la Déesse Mère (forme de l'utérus), ainsi un symbole physique de la Mère nourrissant les humains.

N'importe quel bol peut être utilisé en Cuisine magique sauf ceux en aluminium ou en plastique. Privilégiez le verre ou le grès.

- une balance de cuisine

- un petit mixeur et/ou un mortier

Autrefois, le pilon était utilisé pour écraser et moudre des herbes et des noix. Moudre au pilon est un travail qui peut s'avérer fastidieux mais en le faisant vous pouvez déverser votre pouvoir dans les aliments et vous concentrer sur le but à atteindre.

- une planche à découper

- une yaourtière

- **un robot électrique**
- **un fouet électrique** (si votre robot ne fait pas les blancs en neige)
- **du gros sel marin (consacré, vous trouvez le mode d'emploi page suivante)**
- **du sel fin et du poivre**
- **de l'huile d'olive**
- **un tablier**
- **des torchons**

La consécration du sel

En consacrant votre sel, vous allez transformer une matière inerte qui a de multiples propriétés en un matériau sacré renfermant une parcelle de pouvoir universel. Comme il s'agit là d'un sel que vous utiliserez pour la Cuisine Magique, le lieu de consécration sera, tout naturellement... la cuisine. Vous pourrez conserver ce sel en bocal de verre sachant qu'il sera réservé à la Cuisine Magique.

Soyez détendu, aussi propre que possible physiquement et mentalement. Il convient que vous soyez prêt à être habité par la Divine Lumière afin que ce ne soit plus vous mais l'officiant qui consacre le sel.

Mettez une nappe blanche sur votre table, orientez cette table de façon à ce que vous puissiez être face à l'Occident (l'Ouest) pour officier, placez 4 bougies blanches à chaque angle (donc N/O, N/E, S/E et S/O).

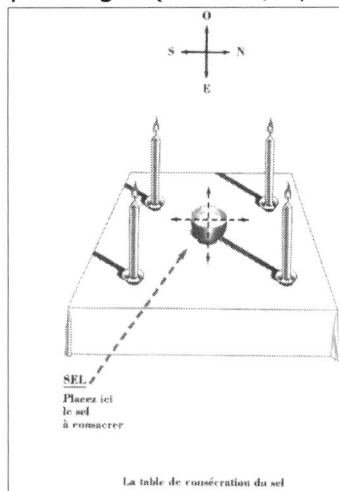

SEL
Placez ici
le sel
à consacrer

La table de consécration du sel

Au milieu de la table (toujours en direction de l'Ouest), placez le sel à consacrer dans un récipient de terre ou de verre (votre saladier magique fera parfaitement l'affaire). Votre bol doit être à la rencontre idéale des diagonales unissant les bougies et les quatre points cardinaux. Il se trouve donc au centre d'un carré idéal qui met en relation les quatre flammes et les quatre directions.

Priez si vous le souhaitez, recueillez-vous devant la table puis faites, lentement, quatre signes de Croix avec votre pouce, sur votre ventre, votre cœur, vos lèvres et votre front en disant :

- ventre : « Par la Terre et le Corps, je vis. »
- Cœur : « Par l'Eau et par l'Ame, je crois. »
- Lèvres : « Par l'Air et par le Mental, je sais. »
- Front : « Par la flamme et par l'Esprit, je m'initie. »

Méditez un instant en considérant que l'ordre n'est pas un hasard, il traduit les degrés naturels de l'ascension de la vie matérielle à la vie céleste en passant par les étapes de la Foi et du Savoir.

Tendez les mains devant vous, les paumes dirigées vers le bas, au-dessus du sel et dites :

« Sel, roche née de l'Eau, je te consacre et te bénis. »

Avec l'index et le majeur de la main droite, tracez une croix dans le sel, en suivant les directions 1a à 4a du dessin ci-après et en disant :

« Par les Quatre vents, sois béni. »

Vous devez marquer visiblement la trace de la croix dans le sel.

Ensuite, vous tracez de la même façon une croix de Saint-André en suivant cette fois les diagonales (1b à 4b) et à ce moment vous dites :
« Par les Quatre flammes, sois béni. »

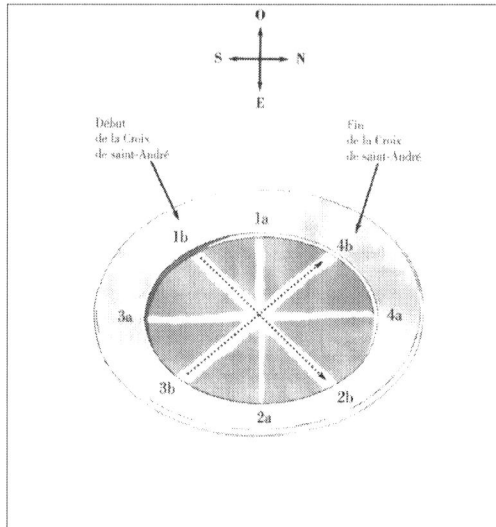

Cf. bibliographie (fin d'ouvrage)

Insolite

Quelques utilisations... originales.

- Aubergine

Pour attirer la prospérité :

Coupez une aubergine en deux. Placez un billet entre les deux moitiés, nouez-les ensemble en faisant 7 tours et en disant :

Par les Sceaux sacrés, je me relie aux Puissances de l'Univers et aux Forces Divines afin que cette aubergine ait le pouvoir d'aimanter la réussite. La Corne d'Abondance déverse sur moi ses mille cadeaux, ses milles bienfaits, sous toutes leurs formes. Je le veux, c'est ma volonté, qu'il en soit ainsi !

Enterrez-la et ne la déterrez jamais.

- Oignon

Les pelures d'oignon brûlées dans la cheminée attirent la prospérité.

On conservait autrefois une tresse d'oignons dans la cuisine pour absorber le mal.

- Radis

Consommés *avant le petit-déjeuner* étaient utilisés pour protéger lors des batailles, surmonter les obstacles et vaincre les ennemis. Apportent la protection spécialement en salade avec oignons, poivrons et romarin.

- Tomate (fonction des herbes qui l'accompagnent)

- Pour attirer l'argent : tomate, basilic et cannelle
- Pour attirer et consolider l'amour : tomate et romarin
- Pour protéger : tomate, laurier, ail, poivre

Le potager et le verger idéaux

- Abricot
- Ail
- Airelle
- Asperge *(Trouble possible : diurétique)*
- Artichaut
- Avocat
- Basilic
- Betterave
- Blé
- Camélia
- Carotte
- Céleri
- Cerise
- Chou
- Citron
- Concombre
- Coriandre
- Courgette
- Estragon
- Figue
- Fraise
- Framboise
- Iris (en poudre)
- Jasmin
- Laitue
- Laurier sauce
- Lavande
- Marron
- Mélisse
- Menthe
- Millepertuis
- Myrtille
- Navet
- Noisette
- Noix
- Oignon
- Origan
- Pêche
- Persil
- Poire
- Poireau
- Pois
- Pomme (fruit)
- Pomme de terre
- Radis
- Raisin
- Rhubarbe
- Romarin
- Sauge (indispensable)
- Sarriette
- Sureau (se récolte dans la nature à proximité d'un cours d'eau)
- Thym
- Tilleul
- Tomate...

Cueillette, séchage et confection de poudre d'herbes magiques

La cueillette des herbes magiques

Pour les plantes comme pour les légumes, c'est préférable (mais ce n'est pas obligatoire) de les cueillir vous-même. Au moment de la cueillette, je récite le texte suivant, sachant que ce qui est au-dessus de la terre (salades, herbes aromatiques, haricots verts...) se récolte de préférence en Lune montante, ce qui pousse sous la forme de racines en Lune descendante (ail, carotte...).

Si je ne peux pas dire ces paroles au moment de la cueillette (parce que j'achète les herbes, fruits ou légumes), je les dis au moment de l'épluchage et du lavage. Il est aussi possible d'acheter certaines plantes en gélules (millepertuis, aubépine...) et de les charger au moment de l'utilisation.

Il s'agit d'un texte du 12° siècle que j'ai raccourci. O Terre sacrée, *qui produit et reproduit tout sans qui rien ne peut naître ni mûrir, accorde ce que je demande, mets dans ces herbes que tu crées les vertus bienfaisantes et magiques. Et toi, herbe puissante, sois donc propice, bénéfique, bienfaisante et permet moi d'utiliser tes bienfaits à bon escient. Merci Terre Mère, je te salue. Merci Plante, je te salue.*

Le séchage et la réduction en poudre

Le séchage des fleurs consiste à éliminer l'eau de celles-ci avant qu'elles ne pourrissent. En cuisine magique, les fleurs séchées sont réduites en poudre qui sera ensuite ajoutée aux préparations culinaires.

Quelques conseils :
Récoltez les fleurs le matin après l'évaporation de la rosée. Bien souvent nous n'utiliserons que les sommités fleuries et il convient donc d'éliminer les feuilles. Récupérez les pétales et posez-les sur un linge blanc, de préférence au soleil. Laissez sécher (cela demande au maximum 2/3 jours).

Attention :
Récolte et séchage se font individuellement, sans mélange.

Les qualités intrinsèques des herbes se suffisent à elles-mêmes. En revanche, si vous souhaitez être puriste, voire creuser ce sujet, vous pouvez vous référer en fin d'ouvrage à la liste des livres de Catherine d'Auxi pour y découvrir celui consacré aux Poudres Magiques.

Une alimentation saine - Remplir ses placards et son réfrigérateur

Du acheté tout préparé au cuisiné, il n'y a qu'un pas. Retrouver la direction de la cuisine, de la plaque électrique et du four.

Nous vivons rapidement et il est réellement simple et rapide de cuisiner pour peu qu'on y mette surtout de la bonne volonté.

Il faut tout d'abord s'attacher aux courses diverses et variées car un certain nombre d'ingrédients sont nécessaires :

- les légumes et fruits, les viandes et les poissons, si possible achetés sur une filière courte, voire directement chez le producteur.

- dans le placard :

- Pâtes
- Riz
- Sauce tomate concentrée en conserve
- 2 boîtes de fruits au sirop (ananas et abricots)
- Gros sel marin
- Sel fin
- Poivre noir et gris
- Boîte de bouillon cube Kub'or
- 1 pot de 500g de miel
- Sucre poudre
- Sucre glace
- Lentilles
- Pois cassés
- Farine
- Des épices :

Gingembre, Sésame, Cumin, Curry, Basilic, Coriandre, Estragon, Laurier sauce (*l'autre laurier est toxique)*, Lavande, Menthe, Origan, Persil, Romarin, Sauge, Sarriette, Thym
- Chocolat à cuire (noir, blanc, au lait)
- Huile d'olive et huile d'arachide
- Vinaigres (vin, balsamique, framboise, cidre au choix)

- Dans un petit panier
  - 3/4 oignons rosés de Bretagne
  - Echalotes
  - Ail
- au congélateur
  - Haricots verts
  - Champignons
  - Pâte feuilletée et pâte brisée
- au réfrigérateur
  - Œufs
  - Beurre
  - Une boîte de Vache qui rit
  - Gruyère râpé
  - Crème fraîche.

Purification et protection de la cuisine

Pour pratiquer la Cuisine Magique, il faut faire de la pièce cuisine un espace sacré donc le purifier puis le protéger.

La purification :
Il vous faut 1 encensoir et des charbons.
Votre cuisine va devenir un espace sacré dédié à la Mère Divine au cœur de la maison. A ce titre, c'est aussi un lieu de passage très fréquenté. Il est important qu'à chaque Solstice ou Equinoxe, vous preniez soin de purifier l'espace et de le dédier à la Mère pour la durée de prochaine saison.
Il vous faut déjà récolter au jardin (ou dans une jardinière) les herbes nécessaires à ce Rituel :
- Quelques feuilles de sauge
- Des brindilles de romarin
- De la lavande

En disant :
O Terre sacrée, *qui produit et reproduit tout sans qui rien ne peut naître ni mûrir, accorde ce que je demande, mets dans ces herbes que tu crées les vertus bienfaisantes et magiques. Et toi, herbe puissante, sois donc propice, bénéfique, bienfaisante et permet moi d'utiliser tes bienfaits à bon escient. Merci Terre Mère, je te salue. Merci Plante, je te salue.*
Allumez un charbon, mettez-le dans un encensoir et jetez dessus les herbes en disant :
« *Herbes puissantes, purifiez cet espace sacré, protégez-le et rendez-le apte au travail magique. Je le veux, c'est ma volonté, qu'il en soit ainsi.* »

La protection :

Une fois la cuisine purifiée, il vous faut la protéger en y attirant des Energies positives. A cet effet, il convient de placer quelques ingrédients en des points cardinaux précis (munissez-vous d'une boussole).

- A l'Est, des genêts, qui ont la particularité de parler au vent, de le dominer.
- Au Sud, du sésame, qui attire l'argent, la prospérité et harmonise les affaires.
- A l'Ouest, du sel de mer permet la purification et le détachement.
- Au Nord, du riz amène fertilité et richesse.

Vous allez utiliser les fleurs uniquement des genêts qui fleurissent d'avril à juin ce qui va conditionner la période de récolte. Cueillez-les, dans les 3 jours qui entourent la Pleine Lune en disant :

O Terre sacrée, qui produit et reproduit tout sans qui rien ne peut naître ni mûrir, accorde ce que je demande, mets dans ces herbes que tu crées les vertus bienfaisantes et magiques. Et toi, herbe puissante, sois propice, bénéfique, bienfaisante et permet moi d'utiliser tes bienfaits à bon escient. Merci Terre Mère, je te salue. Merci Plante, je te salue.

Faites sécher à plat sur un torchon de coton blanc, ou mettez dans un four, porte ouverte, à étuver doucement (four très doux une dizaine de minutes en surveillant, les fleurs doivent sécher sans brûler). Réservez ensuite les sommités fleuries en bocal de verre (pas de plastique).

Au moment du Solstice d'été (et vous réaliserez l'opération tous les ans à la même date), mettez les ingrédients correspondant à chacun des points cardinaux.

Votre cuisine sera ainsi protégée pendant un an.

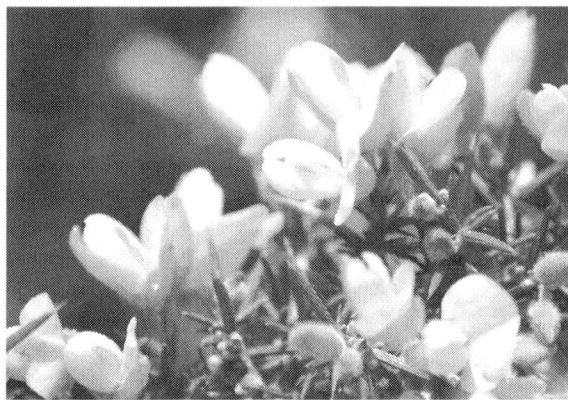

Les sauces
Sauce aigre-douce

<u>Utilisation magique</u> : Protection
<u>Ingrédients :</u>
1 poivron rouge
1 poivron vert
2 oignons
2 gousses d'ail
½ cuillère à café de gingembre moulu
7 cuillères à soupe de sauce soja
4 cuillères à soupe de sucre
4 cuillères à soupe de vinaigre de vin
1 cuillère à soupe de concentré de tomates
1 verre ½ d'eau + 1 Kub'or
1 cuillère à soupe de Maïzena
3 cuillères à soupe d'huile d'Arachide
8 pincées de Coriandre

Epluchez les oignons et l'ail en disant :
O Terre sacrée, qui produit et reproduit tout sans qui rien ne peut naître ni mûrir, accorde ce que je demande, mets dans ces herbes que tu crées les vertus bienfaisantes et magiques. Et toi, herbe puissante, sois donc propice, bénéfique, bienfaisante et permet moi d'utiliser tes bienfaits à bon escient. Merci Terre Mère, je te salue. Merci Plante, je te salue.
Emincez l'oignon finement, lavez et épinez les poivrons et coupez-les en carrés.
Faites chauffer l'huile dans le chaudron en disant :

Vous, les Anges du Ciel qui connaissez tous les mystères, accompagnez-moi aujourd'hui. Dieu de Lumière, protégez-moi aujourd'hui. Que mon Chaudron Sacré bouillonne de vie et d'Amour, que le Feu emplisse ma préparation de passion, que l'Eau insuffle l'Amour, que l'Air souffle la Paix, que la Terre densifie, mélange et lie Passion, Amour et Paix. Que l'Esprit soit avec moi. Qu'il en soit ainsi.

Faites revenir les oignons, les dés de poivron pendant 2 minutes. Puis ajoutez l'ail, la sauce soja, le vinaigre, le concentré de tomates et le sucre.

Mettez la maïzena dans un bol, et délayez-la avec l'eau. Versez dans le chaudron et ajoutez le bouillon Kub en disant :

Par ces herbes et cette flamme, je te révèle, Esprit Divin, afin que tu sois en ce lieu et que tu l'illumines de ta présence. Puisses-tu libérer ce lieu de toute négativité.

Mélangez et faites épaissir pendant 5 minutes en disant :

Ces effluves purifient ce lieu, exorcisent ce lieu, toutes les forces nuisibles en sont chassées par la force et le bien. Je le veux, c'est ma volonté, qu'il en soit ainsi !

Sauce ananas et gingembre

<u>Utilisation magique</u> : Protection du couple
<u>Ingrédients :</u>
1 boîte d'ananas au sirop
1 cuillère à café de gingembre moulu
4 cuillères à soupe de sauce soja
3 cuillères à soupe de miel liquide
2 cuillères à soupe d'huile
16 brins de ciboulette

Dans un bol, mélangez miel, gingembre, sauce soja et 3 cuillères à soupe du sirop d'ananas, en disant :
O Terre sacrée, qui produit et reproduit tout sans qui rien ne peut naître ni mûrir, accorde ce que je demande, mets dans ces herbes que tu crées les vertus bienfaisantes et magiques. Et toi, herbe puissante, sois donc propice, bénéfique, bienfaisante et permet moi d'utiliser tes bienfaits à bon escient. Merci Terre Mère, je te salue. Merci Plante, je te salue.
Faites dorer les morceaux d'ananas égouttés en disant :
Vous, les Anges du Ciel qui connaissez tous les mystères, accompagnez-moi aujourd'hui. Dieu de Lumière, protégez-moi aujourd'hui. Que mon Chaudron Sacré bouillonne de vie et d'Amour, que le Feu emplisse ma préparation de passion, que l'Eau insuffle l'Amour, que l'Air souffle la Paix, que la Terre densifie, mélange et lie Passion, Amour et Paix. Que l'Esprit soit avec moi. Qu'il en soit ainsi.

Versez la sauce du bol et poursuivez la cuisson. Versez légumes, viande ou poisson, sauce et saupoudrez des 16 brins de ciboulette coupés finement en disant :

Je révèle le pouvoir magique de ces plantes, symboles de notre amour et de notre passion. Que le pouvoir de Vénus pénètre ce mélange pour qu'il prenne force et devienne agissant. Que les forces divines bénissent notre union. Je le veux, c'est ma volonté, qu'il en soit ainsi !

Sauce béchamel

<u>Utilisation magique</u> : Augmenter ses ressources
<u>Ingrédients :</u>
30g de beurre
30g de farine
½ litre de lait froid
2 pincées de noix de muscade
Sel, poivre

Faites fondre le beurre et ajoutez la farine. Délayez sur le feu.
Dès que le mélange est lisse, ajoutez d'un seul coup le ½ litre de lait froid en disant :
Vous, les Anges du Ciel qui connaissez tous les mystères, accompagnez-moi aujourd'hui. Dieu de Lumière, protégez-moi aujourd'hui. Que mon Chaudron Sacré bouillonne de vie et d'Amour, que le Feu emplisse ma préparation de passion, que l'Eau insuffle l'Amour, que l'Air souffle la Paix, que la Terre densifie, mélange et lie Passion, Amour et Paix. Que l'Esprit soit avec moi. Qu'il en soit ainsi.
Salez, poivrez, ajoutez la noix de muscade en disant :
Mère d'Abondance, je vous invoque et vous honore pour m'apporter richesse, abondance et prospérité chaque jour de ma vie. Je le veux, c'est ma volonté, qu'il en soit ainsi !
Faites cuire à feu très doux en remuant pendant 10 minutes.

Sauce chasseur

<u>Utilisation magique</u> : Augmenter les facultés psychiques
<u>Ingrédients :</u>
30g de beurre
200g de champignons de Paris (frais)
2 échalotes (ou 1 grosse)
30g de farine
1 verre de vin blanc sec
2 verres d'eau + 1 Kub'or
1 cuillère à soupe de concentré de tomates
5 pincées de Persil
2 pincées de Thym
1 feuille de Laurier
2 pincées d'origan
Sel, poivre

Lavez les champignons et ôtez le pied sableux. Coupez-les en lamelles en disant :
O Terre sacrée, qui produit et reproduit tout sans qui rien ne peut naître ni mûrir, accorde ce que je demande, mets dans ces herbes que tu crées les vertus bienfaisantes et magiques. Et toi, herbe puissante, sois donc propice, bénéfique, bienfaisante et permet moi d'utiliser tes bienfaits à bon escient. Merci Terre Mère, je te salue. Merci Plante, je te salue.
Faites chauffer le beurre et faites revenir les champignons, en disant :
Fais que mon rêve se réalise, ouvre la Porte de la Connaissance. Je le veux, c'est ma volonté, qu'il en soit ainsi.

Ajoutez les échalotes épluchées et coupées finement. Laissez cuire quelques instants sans prendre couleur, en disant :

Vous, les Anges du Ciel qui connaissez tous les mystères, accompagnez-moi aujourd'hui. Dieu de Lumière, protégez-moi aujourd'hui. Que mon Chaudron Sacré bouillonne de vie et d'Amour, que le Feu emplisse ma préparation de passion, que l'Eau insuffle l'Amour, que l'Air souffle la Paix, que la Terre densifie, mélange et lie Passion, Amour et Paix. Que l'Esprit soit avec moi. Qu'il en soit ainsi.

Saupoudrez avec la farine et délayez sur le feu.

Ajoutez, vin, concentré de tomates, eau, Kub'or, herbes, sel et poivre. Remuez jusqu'à ébullition. Couvrez et laissez mijoter pendant 15 minutes. Au moment de servir, ajoutez persil haché.

Sauce hollandaise

Un peu complexe, demande de l'attention et de la dextérité, ne se réchauffe pas.

<u>Utilisation magique</u> : Protection et purification
<u>Ingrédients :</u>
2 jaunes d'œufs
100g de beurre
½ jus de citron
Sel, poivre

Dans une casserole à fond épais, mettez les 2 jaunes d'œufs, 2 cuillères à soupe d'eau froide, sel, poivre et le jus du ½ citron en disant :
O Terre sacrée, qui produit et reproduit tout sans qui rien ne peut naître ni mûrir, accorde ce que je demande, mets dans ces herbes que tu crées les vertus bienfaisantes et magiques. Et toi, herbe puissante, sois donc propice, bénéfique, bienfaisante et permet moi d'utiliser tes bienfaits à bon escient. Merci Terre Mère, je te salue. Merci Plante, je te salue.
Sur feu très doux (important) mélangez vigoureusement avec un fouet à sauce jusqu'à ce que le mélange épaississe en disant :
Vous, les Anges du Ciel qui connaissez tous les mystères, accompagnez-moi aujourd'hui. Dieu de Lumière, protégez-moi aujourd'hui. Que mon Chaudron Sacré bouillonne de vie et d'Amour, que le Feu emplisse ma préparation de passion, que l'Eau insuffle l'Amour, que l'Air souffle la Paix, que la Terre densifie, mélange et lie

Passion, Amour et Paix. Que l'Esprit soit avec moi. Qu'il en soit ainsi.

Hors du feu, ajoutez le beurre, noix par noix, sel et poivre en disant :

Par la puissance de ces aliments, j'invoque les forces divines, à m'assurer protection et nettoyer toutes les vibrations négatives. Qu'il en soit ainsi, ici et maintenant.

Sauce mangue et au citron

<u>Utilisation magique</u> : Révélation de la vérité.

<u>Ingrédients :</u>

1 mangue (pas trop mûre)
1 citron non traité
2 cuillères à soupe de graines de sésame
3 cuillères à soupe d'huile d'arachide
7 pincées de Coriandre
1 pincée de Gingembre

Pelez la mangue, ôtez le noyau et coupez la pulpe en lamelles épaisses. Prélevez le zeste de citron avec un couteau économe, râpez-le et pressez le fruit en disant :
O Terre sacrée, qui produit et reproduit tout sans qui rien ne peut naître ni mûrir, accorde ce que je demande, mets dans ces herbes que tu crées les vertus bienfaisantes et magiques. Et toi, herbe puissante, sois donc propice, bénéfique, bienfaisante et permet moi d'utiliser tes bienfaits à bon escient. Merci Terre Mère, je te salue. Merci Plante, je te salue.
Versez de l'huile dans le chaudron et faites dorer les lamelles de mangue en disant :
Vous, les Anges du Ciel qui connaissez tous les mystères, accompagnez-moi aujourd'hui. Dieu de Lumière, protégez-moi aujourd'hui. Que mon Chaudron Sacré bouillonne de vie et d'Amour, que le Feu emplisse ma préparation de passion, que l'Eau insuffle l'Amour, que l'Air souffle la Paix, que la Terre densifie, mélange et lie Passion, Amour et Paix. Que l'Esprit soit avec moi. Qu'il en soit ainsi.

Puis ajoutez le jus et les zestes de citron, saupoudrez de Gingembre. Servez avec du riz ou des pâtes chinoises dans un bol, mettez le riz au fond, la viande, ajoutez les mangues et parsemez de sésame en disant :

Sésame, ouvre la porte des secrets. Protège-nous du menteur, du vantard et de l'imposteur. Je le veux, c'est ma volonté, qu'il en soit ainsi.

Sauce mayonnaise

Facile si on suit scrupuleusement la recette.

<u>Utilisation magique</u> : Nettoyage de la maison.
<u>Ingrédients :</u>
1 jaune d'œuf
1 grand verre d'huile (100g)
1 cuillère à café de moutarde forte
1 cuillère à café de vinaigre
Sel, poivre

Dans un bol mélangez avec un fouet (électrique ou non), le jaune d'œuf, moutarde (tous les éléments sont à la même température) en disant :
O Terre sacrée, qui produit et reproduit tout sans qui rien ne peut naître ni mûrir, accorde ce que je demande, mets dans ces herbes que tu crées les vertus bienfaisantes et magiques. Et toi, herbe puissante, sois donc propice, bénéfique, bienfaisante et permet moi d'utiliser tes bienfaits à bon escient. Merci Terre Mère, je te salue. Merci Plante, je te salue.
Quand le mélange est bien homogène, ajoutez l'huile presqu'au goutte à goutte pour débuter puis lorsque la sauce commence à prendre, versez plus vite en disant :
Je te charge de nettoyer ma maison de toutes les énergies négatives, de toute présence malsaine et de toute jalousie. Je libère cet endroit de tout blocage. Je le veux, c'est ma volonté, qu'il en soit ainsi !
Tournez rapidement pendant toute la durée de la préparation. Ajoutez ½ cuillère de vinaigre, sel et poivre.

Sauce miel et épices

Utilisation magique : Protection de la maison
Ingrédients :
1 oignon
1 poivron rouge
2 cuillères à soupe d'huile d'arachide ou d'olive
4 cuillères à soupe de sauce soja
3 cuillères à soupe de miel
2 cuillères à soupe de concentré de tomates
1 citron non traité (pour le zeste)
2 cuillères à soupe de sésame

Epluchez et hachez les oignons en disant :
O Terre sacrée, qui produit et reproduit tout sans qui rien ne peut naître ni mûrir, accorde ce que je demande, mets dans ces herbes que tu crées les vertus bienfaisantes et magiques. Et toi, herbe puissante, sois donc propice, bénéfique, bienfaisante et permet moi d'utiliser tes bienfaits à bon escient. Merci Terre Mère, je te salue. Merci Plante, je te salue.
Lavez le poivron, épinez-le et coupez en petits dés. Prélevez le zeste du citron. Dans un bol mélangez la sauce soja, le miel, le concentré de tomates, les zestes de citron en disant :
Par le pouvoir de ces substances, je conjure les énergies protectrices de garder ma maison en sécurité. Ainsi soit fait
Mettez l'huile à chauffer dans le chaudron et jetez les oignons et le poivron, faites revenir en mélangeant en disant :

Vous, les Anges du Ciel qui connaissez tous les mystères, accompagnez-moi aujourd'hui. Dieu de Lumière, protégez-moi aujourd'hui. Que mon Chaudron Sacré bouillonne de vie et d'Amour, que le Feu emplisse ma préparation de passion, que l'Eau insuffle l'Amour, que l'Air souffle la Paix, que la Terre densifie, mélange et lie Passion, Amour et Paix. Que l'Esprit soit avec moi. Qu'il en soit ainsi.

Versez le contenu du bol. Servez en bols, légumes, viande ou poisson, sauce et parsemez de graines de sésame.

Sauce au nougat

Utilisation magique : Prospérité

Ingrédients :
25cl de vinaigre balsamique
25cl de fond de volaille
50g de nougat
20g de beurre demi-sel

Dans une casserole versez le vinaigre balsamique en disant :
O Terre sacrée, qui produit et reproduit tout sans qui rien ne peut naître ni mûrir, accorde ce que je demande, mets dans ces herbes que tu crées les vertus bienfaisantes et magiques. Et toi, herbe puissante, sois donc propice, bénéfique, bienfaisante et permet moi d'utiliser tes bienfaits à bon escient. Merci Terre Mère, je te salue. Merci Plante, je te salue.

Faites réduire puis ajoutez le fond de volaille et le nougat concassé, laissez réduire de nouveau en disant :
Vous, les Anges du Ciel qui connaissez tous les mystères, accompagnez-moi aujourd'hui. Dieu de Lumière, protégez-moi aujourd'hui. Que mon Chaudron Sacré bouillonne de vie et d'Amour, que le Feu emplisse ma préparation de passion, que l'Eau insuffle l'Amour, que l'Air souffle la Paix, que la Terre densifie, mélange et lie Passion, Amour et Paix. Que l'Esprit soit avec moi. Qu'il en soit ainsi.
Liez avec le beurre en disant :
Par les Sceaux sacrés, je me relie aux Puissances de

l'Univers et aux Forces Divines afin que cette préparation ait le pouvoir d'aimanter la réussite. La Corne d'Abondance déverse sur ceux qui mangeront ses mille cadeaux, ses milles bienfaits, sous toutes leurs formes. Je le veux, c'est ma volonté, qu'il en soit ainsi !

Sauce tomates italienne

Utilisation magique : Trouver l'amour.

Ingrédients :

1 boîte de concentré de tomates (éviter le bas de gamme)

30g de beurre

Eau

1 Kub'or

5 pincées de romarin

Sel, poivre

Faites fondre le beurre dans le chaudron en disant :

O Terre sacrée, qui produit et reproduit tout sans qui rien ne peut naître ni mûrir, accorde ce que je demande, mets dans ces herbes que tu crées les vertus bienfaisantes et magiques. Et toi, herbe puissante, sois donc propice, bénéfique, bienfaisante et permet moi d'utiliser tes bienfaits à bon escient. Merci Terre Mère, je te salue. Merci Plante, je te salue.

Ajoutez le concentré de tomates et une quantité équivalente d'eau, un Kub'or, une pincée de gros sel, poivre en disant :

Vous, les Anges du Ciel qui connaissez tous les mystères, accompagnez-moi aujourd'hui. Dieu de Lumière, protégez-moi aujourd'hui. Que mon Chaudron Sacré bouillonne de vie et d'Amour, que le Feu emplisse ma préparation de passion, que l'Eau insuffle l'Amour, que l'Air souffle la Paix, que la Terre densifie, mélange et lie Passion, Amour et Paix. Que l'Esprit soit avec moi. Qu'il en soit ainsi.

Mélangez au fouet énergiquement et ajoutez enfin les pincées de romarin en disant à chaque pincée :

Un pour chercher mon amour, un pour trouver mon amour, un pour amener mon amour, un pour lier mon amour : ce charme est fait. Je le veux, c'est ma volonté, qu'il en soit ainsi !

Couvrez pour laissez cuire pendant une dizaine de minutes.

Petit-déjeuner
Chaussons pommes/poires

<u>Utilisation magique</u> : Développer votre spiritualité et vos capacités médiumniques
<u>Ingrédients :</u>
2 pâtes feuilletées de bonne qualité du commerce
800g de pommes
800g de poires
88g de sucre en poudre
1 cuillère à café de cannelle
1 jaune d'œuf

Etalez votre pâte et laissez-là à température ambiante. Préchauffez votre four sur 210°. Epluchez les poires et les pommes en disant :
O Terre sacrée, qui produit et reproduit tout sans qui rien ne peut naître ni mûrir, accorde ce que je demande, mets dans ces herbes que tu crées les vertus bienfaisantes et magiques. Et toi, herbe puissante, sois donc propice, bénéfique, bienfaisante et permet moi d'utiliser tes bienfaits à bon escient. Merci Terre Mère, je te salue. Merci Plante, je te salue.
Mettez les pommes à compoter pendant une dizaine de mn avec le sucre en disant :
Vous, les Anges du Ciel qui connaissez tous les mystères, accompagnez-moi aujourd'hui. Dieu de Lumière, protégez-moi aujourd'hui. Que mon Chaudron Sacré bouillonne de vie et d'Amour, que le Feu emplisse ma préparation de passion, que l'Eau insuffle l'Amour, que

l'Air souffle la Paix, que la Terre densifie, mélange et lie Passion, Amour et Paix. Que l'Esprit soit avec moi. Qu'il en soit ainsi.

Ajoutez la cannelle en disant :

Fais que mon rêve se réalise, ouvre la Porte de la Connaissance, accorde-moi de communiquer avec mon Ange Gardien. Je le veux, c'est ma volonté, qu'il en soit ainsi !

Coupez les poires en petits dés. Une fois la compote de pommes cuite, mettez les morceaux de poires et laissez mijoter doucement pendant 5mn. Attendez que le mélange soit froid.

Faites 2 ronds de 20cm de diamètre par pâte, sur la moitié de chaque rond de pâte, étalez la compote pommes/poires et laissez 3cm de bord sans garniture de façon à pouvoir fermer le chausson.

Soudez les bords avec un peu de lait. Striez le dessus avec le couteau et badigeonnez avec un jaune d'œuf (au pinceau) pour donner un reflet brillant après la cuisson. Au besoin, saupoudrez de sucre.
Faites cuire pendant 30 mn.

Pain perdu

<u>Utilisation magique</u> : Favoriser la réussite
<u>Ingrédients :</u>
250g de pain
12 cuillères à soupe de lait
3 œufs
1 sachet de sucre vanillé
4 pincées de cannelle en poudre
21g de beurre

Tranchez le pain dans la longueur (comme pour un sandwich), et partagez-le en deux. Battre les œufs en omelette, ajoutez le lait, la vanille et dites :
Vous, les Anges du Ciel qui connaissez tous les mystères, accompagnez-moi aujourd'hui. Dieu de Lumière, protégez-moi aujourd'hui. Que mon Chaudron Sacré bouillonne de vie et d'Amour, que le Feu emplisse ma préparation de passion, que l'Eau insuffle l'Amour, que l'Air souffle la Paix, que la Terre densifie, mélange et lie Passion, Amour et Paix. Que l'Esprit soit avec moi. Qu'il en soit ainsi.

Trempez les tranches dans le mélange, saupoudrez de sucre et de cannelle (1/2 pincée par tranche de pain) en disant :

Au nom des Puissances Supérieures, que la Force et la Puissance Divine descendent dans cette préparation afin qu'elle puisse me protéger et favoriser la réussite de mes demandes qui sont... Je le veux, c'est ma volonté, qu'il en soit ainsi !

Faites chauffer le beurre dans la poêle puis faites dorer le pain perdu quelques minutes.

Régal du matin

<u>Utilisation magique</u> : Bien-être, prospérité.
<u>Ingrédients :</u>
100g de flocons d'avoine
50cl de lait
73g de raisins secs
1 œuf
40g de beurre

Faites gonfler les flocons d'avoine, les raisins secs dans le lait chaud en disant :
Vous, les Anges du Ciel qui connaissez tous les mystères, accompagnez-moi aujourd'hui. Dieu de Lumière, protégez-moi aujourd'hui. Que mon Chaudron Sacré bouillonne de vie et d'Amour, que le Feu emplisse ma préparation de passion, que l'Eau insuffle l'Amour, que l'Air souffle la Paix, que la Terre densifie, mélange et lie Passion, Amour et Paix. Que l'Esprit soit avec moi. Qu'il en soit ainsi.
Battez l'œuf et ajoutez au mélange. Faites fondre 10g de beurre dans une petite poêle. Versez ¼ du mélange et faites cuire à feu doux en disant :
Par les Sceaux sacrés, je me relie aux Puissances de l'Univers et aux Forces Divines afin que cette préparation ait le pouvoir d'aimanter la réussite. La Corne d'Abondance déverse sur ceux qui mangeront ses mille cadeaux, ses milles bienfaits, sous toutes leurs formes. Je le veux, c'est ma volonté, qu'il en soit ainsi !
Retournez à l'aide d'une spatule et cuisez le second côté. Saupoudrez de sucre en poudre et servez bien chaud.

Boissons
Apéritif asiatique
L'abus d'alcool est dangereux pour la santé !

Utilisation magique : Attirer la chance
Ingrédients :
1 bouteille de saké
Sirop de fraise/litchi
1 boîte de litchis au sirop

Prévoyez un verre à cocktail par personne. Versez dans chaque verre, un fond (environ 1cm de haut) de sirop fraise/litchi en disant :
O Terre sacrée, qui produit et reproduit tout sans qui rien ne peut naître ni mûrir, accorde ce que je demande, mets dans ces herbes que tu crées les vertus bienfaisantes et magiques. Et toi, herbe puissante, sois donc propice, bénéfique, bienfaisante et permet moi d'utiliser tes bienfaits à bon escient. Merci Terre Mère, je te salue. Merci Plante, je te salue.
Ajoutez un verre à digestif de saké en disant :
Dame Chance, sois rapide, Dame Chance, sois généreuse avec moi, la chance entre dans ma vie. Dame Chance est sur mon chemin, quoi que je fasse. Je le veux, c'est ma volonté, qu'il en soit ainsi !
Ajoutez 3 litchis au sirop par verre, du jus de litchi jusqu'aux ¾ du verre.

Apéritif de Marinette

L'abus d'alcool est dangereux pour la santé !

Recette pour environ un litre d'apéritif

Utilisation magique :

Cet apéritif est comme tout ce qui est à base de vin, à utiliser en Magie d'Amour, en Magie Sexuelle et enfin pour favoriser ce qui est abondance dont l'argent.

En le chargeant au moment de la préparation et au moment de le filtrer, vous pourrez ainsi en faire profiter tous vos invités.

Ingrédients :

1 litre de vin blanc sec (vous pouvez aussi préparer cet apéritif avec du vin rosé mais le vin blanc se marie mieux avec la camomille). Avec le vin rouge, faites de la sangria !

32 têtes de camomille

32 morceaux de sucre

3 cuillères à café de thé en feuilles

3 oranges (non traitées)

3 tranches de citron

25cl d'eau de vie – Attention c'est obligatoire car l'alcool permet d'éviter au vin de tourner

1 bâton de vanille

Coupez les oranges en morceaux irréguliers, et à ce moment, dites :

O Terre sacrée, qui produit et reproduit tout sans qui rien ne peut naître ni mûrir, accorde ce que je demande, mets dans ces herbes que tu crées les vertus bienfaisantes et magiques. Et toi, herbe puissante, sois

donc propice, bénéfique, bienfaisante et permet moi d'utiliser tes bienfaits à bon escient. Merci Terre Mère, je te salue. Merci Plante, je te salue.

Placez dans votre saladier magique tous les ingrédients en disant :

Vous, les Anges du Ciel qui connaissez tous les mystères, accompagnez-moi aujourd'hui. Dieu de Lumière, protégez-moi aujourd'hui. Que mon Chaudron Sacré bouillonne de vie et d'Amour, que le Feu emplisse ma préparation de passion, que l'Eau insuffle l'Amour, que l'Air souffle la Paix, que la Terre densifie, mélange et lie Passion, Amour et Paix. Que l'Esprit soit avec moi. Qu'il en soit ainsi.

Lorsque le mélange est prêt à macérer, dites :

- S'il s'agit d'une préparation pour favoriser l'abondance : *Je me relie aux Puissances de l'Univers et aux Forces Divines, afin que ce mélange favorise la vie et aimante la réussite de ceux qui le boiront. La Corne d'Abondance déverse ses mille cadeaux et ses mille bienfaits sous toutes leurs formes. Je le veux, c'est ma volonté, qu'il en soit ainsi !*

- S'il s'agit d'une préparation pour raviver l'attirance chez un partenaire : *Vin d'amour, vin de passion, fais circuler cet enchantement dans le corps de mon (ma) bienaimé(e). Que ce vin soit pour nous la force de l'amour et devienne ce qui nous soude. Que notre couple soit protégé. Que ce charme soit accompli et agisse dès la première gorgée.*

Toutefois, attention, cette bouteille et son breuvage ainsi chargé doivent être alors réservés à votre seul couple !

Laissez macérer dans le vin pendant 10 jours, filtrez, mettez en bouteille et réservez au frais.

Apéritif TTT

Tête à Tête Torride

L'abus d'alcool est dangereux pour la santé !

Recette pour 2 personnes

<u>Utilisation magique</u> : Voir son nom ;)

<u>Ingrédients :</u>

Champagne (cela va de soi !)

Sirop de violette ou sirop de rose

Quelques dattes en accompagnement.

1 pâte à tarte feuilletée

1 pincée de Safran

2 pincées de Cumin

3 pincées de Gingembre

5 pincées de Sésame

1 pincée de sel fin

Gruyère râpé

Préparez la table du salon avec une petite nappe, quelques pétales de fleurs (roses rouges). Posez sur un plateau deux coupes et une petite assiette avec les dattes.

Une rose rouge dans un vase soliflore et le décor est posé. Préchauffez votre four sur 180° et étalez votre pâte feuilletée.

Mélangez les épices dans un bol en disant :

O Terre sacrée, qui produit et reproduit tout sans qui rien ne peut naître ni mûrir, accorde ce que je demande, mets dans ces herbes que tu crées les vertus bienfaisantes et magiques. Et toi, herbe puissante, sois donc propice, bénéfique, bienfaisante et permet moi

d'utiliser tes bienfaits à bon escient. Merci Terre Mère, je te salue. Merci Plante, je te salue.

Faites, à l'emporte-pièce ou au couteau, des petits cœurs dans la pâte. Saupoudrez des épices mélangés (faites-les pénétrer dans la pâte en appuyant légèrement avec l'index) et du gruyère râpé (il en faut peu pour ne pas masquer le goût des épices). Si vous n'aimez pas le gruyère râpé, vous pouvez le remplacer par un jaune d'œuf battu que vous appliquez au pinceau. Dites :

Vous, les Anges du Ciel qui connaissez tous les mystères, accompagnez-moi aujourd'hui. Dieu de Lumière, protégez-moi aujourd'hui. Que mon Chaudron Sacré bouillonne de vie et d'Amour, que le Feu emplisse ma préparation de passion, que l'Eau insuffle l'Amour, que l'Air souffle la Paix, que la Terre densifie, mélange et lie Passion, Amour et Paix. Que l'Esprit soit avec moi. Qu'il en soit ainsi.

Enfournez en disant :

Les yeux de mon partenaire sont comme le soleil, ils brûlent d'amour pour moi, son corps est chaud comme la Terre, sa peau est douce comme la rosée et lorsque le moment sera là, nous ne ferons plus qu'un. O Vénus, Déesse de l'amour, fais que nous puissions partager un amour torride, fusionnel et puissant. Que nous puissions ensemble partager un amour fou et irrésistible. Je le veux, c'est ma volonté, qu'il en soit ainsi !

Hypocras
L'abus d'alcool est dangereux pour la santé !

Recette qui nous vient tout droit du Moyen-âge.
<u>Utilisation magique</u> : Libération et protection.
<u>Ingrédients :</u>
- 1 litre de vin rouge (peut se boire chaud)
Ou 1 litre de vin rosé corsé,
Ou 1 litre de vin blanc sec.
- 100 g de miel
- 10 g de cannelle en poudre (ou 3 petits bâtons)
- 1 cuillère à café de gingembre en poudre
- 1 bâton de vanille
- 3 clous de girofle

Mettez tous les épices dans un récipient et ajoutez le miel fondu, mélangez en disant :
O Terre sacrée, qui produit et reproduit tout sans qui rien ne peut naître ni mûrir, accorde ce que je demande, mets dans ces herbes que tu crées les vertus bienfaisantes et magiques. Et toi, herbe puissante, sois donc propice, bénéfique, bienfaisante et permet moi d'utiliser tes bienfaits à bon escient. Merci Terre Mère, je te salue. Merci Plante, je te salue.
Mélangez avec le vin, à ce moment, dites :
Cannelle, gingembre, vanille, clou de girofle qui protègent, gardez ma maison et tous ceux qui s'y trouvent. Par le pouvoir de ces substances, je conjure les énergies protectrices de garder ma maison en sécurité. Ainsi soit fait !
Laissez macérer 19 heures.

Filtrez au chinois et mettez en bouteille. Gardez au réfrigérateur (l'hypocras rouge, blanc ou rosé).

Note :

Dans la cuisine au vin, ou pour toute confection de recettes à boire ou à manger, il est essentiel de prendre du vin de bonne qualité. On ne fait que transformer la base de la préparation en l'améliorant. Alors si on prend du vin de mauvaise qualité, on aura un résultat final de médiocre qualité.

Lait de poule

Pour tous. Ce breuvage réconforte parce que relie à la Mère.

Recette pour 1 personne
Utilisation magique : Protection de la Mère et favoriser la réussite.
Ingrédients :
1 jaune d'œuf
24g de sucre
1 pincée de cannelle en poudre
1 verre de lait

Mélangez le jaune d'œuf, le sucre et la cannelle en disant :
Vous, les Anges du Ciel qui connaissez tous les mystères, accompagnez-moi aujourd'hui. Dieu de Lumière, protégez-moi aujourd'hui. Que mon Chaudron Sacré bouillonne de vie et d'Amour, que le Feu emplisse ma préparation de passion, que l'Eau insuffle l'Amour, que l'Air souffle la Paix, que la Terre densifie, mélange et lie Passion, Amour et Paix. Que l'Esprit soit avec moi. Qu'il en soit ainsi.
Faites bouillir le lait et ajoutez-le très chaud à la préparation, en battant avec un fouet sans arrêt et en disant :
Au nom des Puissances Supérieures, que la Force et la Puissance Divine de la Mère descendent dans cette préparation afin qu'elle puisse protéger et favoriser la réussite. Je le veux, c'est ma volonté, qu'il en soit ainsi !

Moretum (vin de mûres)
L'abus d'alcool est dangereux pour la santé !

Utilisation magique : Attirer la réussite.
Ingrédients :
500g de mûres
153g de miel
3 litres de vin (rouge pas trop tannique ou blanc sec)

Cueillez des mûres (en septembre) en disant :
O Terre sacrée, qui produit et reproduit tout sans qui rien ne peut naître ni mûrir, accorde ce que je demande, mets dans ces herbes que tu crées les vertus bienfaisantes et magiques. Et toi, herbe puissante, sois donc propice, bénéfique, bienfaisante et permet moi d'utiliser tes bienfaits à bon escient. Merci Terre Mère, je te salue. Merci Plante, je te salue.
Faites chauffer doucement le vin, sans faire bouillir. Ajoutez le miel et les mûres en disant :
Vous, les Anges du Ciel qui connaissez tous les mystères, accompagnez-moi aujourd'hui. Dieu de Lumière, protégez-moi aujourd'hui. Que mon Chaudron Sacré bouillonne de vie et d'Amour, que le Feu emplisse ma préparation de passion, que l'Eau insuffle l'Amour, que l'Air souffle la Paix, que la Terre densifie, mélange et lie Passion, Amour et Paix. Que l'Esprit soit avec moi. Qu'il en soit ainsi.
Faites mijoter pendant une heure. A la fin de la cuisson, dites :
Par les Sceaux sacrés, je me relie aux Puissances de l'Univers et aux Forces Divines afin que cette préparation

ait le pouvoir d'aimanter la réussite. La Corne d'Abondance déverse ses mille cadeaux, ses milles bienfaits, sous toutes leurs formes. Je le veux, c'est ma volonté, qu'il en soit ainsi !

Laissez reposer pendant 24 heures puis filtrez à l'aide d'un chinois. Gardez au réfrigérateur.

Rêve de Cupidon
L'abus d'alcool est dangereux pour la santé !

Recette pour 2 personnes
<u>Utilisation magique</u> : Magie sexuelle et amoureuse.
<u>Ingrédients :</u>
2 cafés expresso
4cl de Whiskey (Whisky irlandais)
2 boules de glace à la vanille
2 pincées de cassonade
50g de chocolat noir

Versez le café dans deux tasses, sucrez avec la cassonade, arrosez de whiskey et mélangez. Faites des copeaux dans le chocolat noir avec un épluche légume ou une râpe en disant :
Breuvage d'amour, de passion, protège mon amour. Fais circuler cet enchantement dans le corps de mon (ma) bien-aimé(e). Fais que nous ne soyons plus qu'un. Que cette boisson devienne symbole de notre amour et qu'il soit la force qui nous soude. Que nous soyons protégés de la jalousie, de l'envie. Que ce charme s'accomplisse et agisse dès la première gorgée. Je le veux, c'est ma volonté, qu'il en soit ainsi !
Déposez une boule de glace à la vanille dans chaque tasse et décorez de copeaux de chocolat. Servez immédiatement en ajoutant une datte (dans la soucoupe) par personne.

Soupe champenoise
L'abus d'alcool est dangereux pour la santé !

<u>Utilisation magique</u> : Sérum de vérité
<u>Ingrédients</u>
1 bouteille de Crémant, de Vouvray...
200ml de Cointreau (un verre à moutarde)
200ml de sirop de sucre de canne (un verre à moutarde)
100ml de Pulco citron (1/2 verre à moutarde)

Mettez votre bouteille de pétillant au réfrigérateur. Mélangez tous les ingrédients (sauf le pétillant) et à ce moment, dites :
Vous, les Anges du Ciel qui connaissez tous les mystères, accompagnez-moi aujourd'hui. Dieu de Lumière, protégez-moi aujourd'hui. Que mon Chaudron Sacré bouillonne de vie et d'Amour, que le Feu emplisse ma préparation de passion, que l'Eau insuffle l'Amour, que l'Air souffle la Paix, que la Terre densifie, mélange et lie Passion, Amour et Paix. Que l'Esprit soit avec moi. Qu'il en soit ainsi.
Mettez votre saladier au réfrigérateur.
Au moment de servir (et de partager), versez la bouteille de pétillant en disant :
Par la puissance de ces aliments, j'invoque les forces divines, à dévoiler la vérité et museler les menteurs. Qu'il en soit ainsi, ici et maintenant.

Vin chaud
L'abus d'alcool est dangereux pour la santé !

Se fait traditionnellement avec du vin rouge. L'abus d'alcool est dangereux pour la santé.

Recette pour 6 personnes
Utilisation magique : Libération.
Ingrédients :
1 bouteille de bon vin rouge
8 morceaux de sucre
1 orange non traitée en tranches avec l'écorce
4 clous de girofle
1 bâton de cannelle

Versez tous les ingrédients dans le chaudron magique en disant :
Vous, les Anges du Ciel qui connaissez tous les mystères, accompagnez-moi aujourd'hui. Dieu de Lumière, protégez-moi aujourd'hui. Que mon Chaudron Sacré bouillonne de vie et d'Amour, que le Feu emplisse ma préparation de passion, que l'Eau insuffle l'Amour, que l'Air souffle la Paix, que la Terre densifie, mélange et lie Passion, Amour et Paix. Que l'Esprit soit avec moi. Qu'il en soit ainsi.
Faites chauffer et laissez mijoter sur feu doux pendant 15 minutes. Dès que le mélange commence à chauffer, dites :
Vous, herbes puissantes, je vous charge de nettoyer ma maison de toutes les énergies négatives, de toute présence malsaine et de toute jalousie. Je libère cet

endroit de tout blocage et de tout mensonge. Je le veux,
c'est ma volonté, qu'il en soit ainsi !
Filtrez avant de servir chaud.

Vin de Sauge
L'abus d'alcool est dangereux pour la santé !

Le vin de sauge est né sous la Rome antique.

Recette pour 6 personnes
Utilisation magique : Magie de guérison
Ingrédients :
1 bouteille de vin blanc sec
100ml de miel liquide
10 grains de poivre
24 pincées de Sauge en poudre ou 3 branches

Mettez dans une casserole, le vin, le miel, la sauge et le poivre. A ce moment, dites :
O Terre sacrée, qui produit et reproduit tout sans qui rien ne peut naître ni mûrir, accorde ce que je demande, mets dans ces herbes que tu crées les vertus bienfaisantes et magiques. Et toi, herbe puissante, sois donc propice, bénéfique, bienfaisante et permet moi d'utiliser tes bienfaits à bon escient. Merci Terre Mère, je te salue. Merci Plante, je te salue.
Faites chauffer et portez à ébullition, mélangez en rond en disant :
Vous, les Anges du Ciel qui connaissez tous les mystères, accompagnez-moi aujourd'hui. Dieu de Lumière, protégez-moi aujourd'hui. Que mon Chaudron Sacré bouillonne de vie et d'Amour, que le Feu emplisse ma préparation de passion, que l'Eau insuffle l'Amour, que l'Air souffle la Paix, que la Terre densifie, mélange et lie Passion, Amour et Paix. Que l'Esprit soit avec moi. Qu'il

en soit ainsi. L'Un en qui tout est, apporte santé et paix, mélangé en rond apportera le soulagement de la souffrance. Qu'il en soit ainsi.

Dès que la préparation bout, arrêtez le feu. Couvrez et laisser infuser 2 heures à température ambiante. Rentrez l'ensemble au réfrigérateur en laissant infuser pendant au moins 19 heures. Filtrez l'ensemble et mettez le vin en bouteille. Servez très frais.

Aromates, huiles, vinaigres
Ail (amuse-bouche)

<u>Utilisation magique</u> : Protection
<u>Ingrédients :</u>
7 têtes d'ail blanc
25cl Huile d'arachide (1)
Basilic (1 cuiller à café de déshydraté ou 3 branches de frais)
Sarriette ou thym (3 branches ou 1 cuiller à café)
3 tiges de romarin
9 grains de poivre gris

Pelez l'ail (2) en disant :
O Terre sacrée, qui produit et reproduit tout sans qui rien ne peut naître ni mûrir, accorde ce que je demande, mets dans ces herbes que tu crées les vertus bienfaisantes et magiques. Et toi, herbe puissante, sois donc propice, bénéfique, bienfaisante et permet moi d'utiliser tes bienfaits à bon escient. Merci Terre Mère, je te salue. Merci Plante, je te salue.

Dans le chaudron, faites bouillir de l'eau et blanchir les têtes d'ail ce qui consiste à faire bouillir l'eau, jeter les têtes d'ail, laisser bouillir pendant 1 minute puis égoutter. Lorsque les têtes sont dans l'eau, dites :
Vous, les Anges du Ciel qui connaissez tous les mystères, accompagnez-moi aujourd'hui. Dieu de Lumière, protégez-moi aujourd'hui. Que mon Chaudron Sacré bouillonne de vie et d'Amour, que le Feu emplisse ma

préparation de passion, que l'Eau insuffle l'Amour, que l'Air souffle la Paix, que la Terre densifie, mélange et lie Passion, Amour et Paix. Que l'Esprit soit avec moi. Qu'il en soit ainsi.

Prévoyez 3 couches d'ail successives dans le bocal en divisant votre bocal en 3. Après la première couche, émiettez une tige de romarin, 12 branches de thym ou sarriette et les feuilles d'une tige de basilic. Lorsque vous avez fait les 3 couches, ajoutez le poivre et l'huile, en disant :

Vous herbes puissantes, je vous charge de nettoyer ma maison de toutes les énergies négatives, de toute présence malsaine et de toute jalousie. Je libère cet endroit de tout blocage. Je le veux, c'est ma volonté, qu'il en soit ainsi !

Laissez macérer pendant deux mois.

A consommer tartiné sur de petites tranches de pain de campagne grillé à l'apéritif, en accompagnement d'une viande blanche ou plus simplement dans la cuisine pour relever un plat de légumes en hiver (haricots verts,...).

(1) Ne pas utiliser l'huile d'olive dont le goût se catapulterait avec celui de l'ail – l'huile d'arachide est plus neutre.

(2) Les pelures d'ail sont à conserver. Laissez-les à l'air libre dans un bocal de verre non fermé pendant une semaine puis, mettez en sachet (tissus) que vous offrirez. Il s'agit d'une excellente protection. Vous pouvez également les réduire en poudre (cf. livre « De l'usage des Poudres Magiques »). En Transylvanie, les pelures d'ail sont utilisées pour garnir les oreillers et faire fuir les vampires.

Huile d'ail

<u>Utilisation magique</u> : Protection des lieux et des personnes

<u>Ingrédients :</u>

3 têtes d'ail

1L d'huile d'arachide

Epluchez vos têtes d'ail, en disant :

O Terre sacrée, qui produit et reproduit tout sans qui rien ne peut naître ni mûrir, accorde ce que je demande, mets dans ces herbes que tu crées les vertus bienfaisantes et magiques. Et toi, herbe puissante, sois donc propice, bénéfique, bienfaisante et permet moi d'utiliser tes bienfaits à bon escient. Merci Terre Mère, je te salue. Merci Plante, je te salue.

Dans le chaudron, faites bouillir de l'eau (de quoi recouvrir l'ail) et jetez-y l'ail en disant :

Vous, les Anges du Ciel qui connaissez tous les mystères, accompagnez-moi aujourd'hui. Dieu de Lumière, protégez-moi aujourd'hui. Que mon Chaudron Sacré bouillonne de vie et d'Amour, que le Feu emplisse ma préparation de passion, que l'Eau insuffle l'Amour, que l'Air souffle la Paix, que la Terre densifie, mélange et lie Passion, Amour et Paix. Que l'Esprit soit avec moi. Qu'il en soit ainsi.

Faites blanchir l'ail pendant 1 minute.

Mettez l'ail dans une bouteille en verre d'un litre et versez dessus l'huile en disant :

Vous herbes puissantes, je vous charge de nettoyer les personnes qui mangeront cette huile et l'endroit où elle

sera utilisée de toutes les énergies négatives, de toute présence malsaine, de tout blocage et de toute jalousie. Je le veux, c'est ma volonté, qu'il en soit ainsi !
Laissez à l'abri de la lumière pendant trois mois.

Vinaigre à l'échalote

<u>Utilisation magique :</u> Libération et protection
<u>Ingrédients :</u>
1l de vinaigre de vin rouge
5 échalotes
½ cuillère à café de sel

Epluchez les échalotes et coupez-les en 4, en disant :
O Terre sacrée, qui produit et reproduit tout sans qui rien ne peut naître ni mûrir, accorde ce que je demande, mets dans ces herbes que tu crées les vertus bienfaisantes et magiques. Et toi, herbe puissante, sois donc propice, bénéfique, bienfaisante et permet moi d'utiliser tes bienfaits à bon escient. Merci Terre Mère, je te salue. Merci Plante, je te salue.
Salez et placez-les dans un bocal à vis. Faites bouillir le vinaigre de vin en disant :
Vous, les Anges du Ciel qui connaissez tous les mystères, accompagnez-moi aujourd'hui. Dieu de Lumière, protégez-moi aujourd'hui. Que mon Chaudron Sacré bouillonne de vie et d'Amour, que le Feu emplisse ma préparation de passion, que l'Eau insuffle l'Amour, que l'Air souffle la Paix, que la Terre densifie, mélange et lie Passion, Amour et Paix. que l'Esprit soit avec moi. Qu'il en soit ainsi.
Versez-le sur les échalotes en disant :
En ce jour, je bannis toutes les ondes négatives, je place toute ma confiance dans les Forces Divines et je nous unis définitivement au Divin pour nous libérer et nous

protéger. Je le veux, c'est ma volonté, qu'il en soit ainsi !

Fermez et laissez reposer pendant une semaine à température ambiante. Filtrez.

Vinaigre à l'estragon

<u>Utilisation magique</u> : Apaiser la colère, ramener le calme et l'harmonie.

<u>Ingrédients :</u>

1/2l de vinaigre de vin blanc

30g d'estragon

3 échalotes épluchées

2 feuilles de laurier fraîches

Grains de poivre

Une pincée de sel

Cueillez l'estragon en disant :

O Terre sacrée, qui produit et reproduit tout sans qui rien ne peut naître ni mûrir, accorde ce que je demande, mets dans ces herbes que tu crées les vertus bienfaisantes et magiques. Et toi, herbe puissante, sois donc propice, bénéfique, bienfaisante et permet moi d'utiliser tes bienfaits à bon escient. Merci Terre Mère, je te salue. Merci Plante, je te salue.

Réunir tous les ingrédients ensemble. Chauffer le vinaigre et versez sur les herbes en disant :

Vous, les Anges du Ciel qui connaissez tous les mystères, accompagnez-moi aujourd'hui. Dieu de Lumière, protégez-moi aujourd'hui. Que mon Chaudron Sacré bouillonne de vie et d'Amour, que le Feu emplisse ma préparation de passion, que l'Eau insuffle l'Amour, que l'Air souffle la Paix, que la Terre densifie, mélange et lie Passion, Amour et Paix. que l'Esprit soit avec moi. Qu'il en soit ainsi.

Réunir tous les ingrédients ensemble. Chauffer le vinaigre et versez sur les herbes en disant :

Lorsque nous serons rassemblés, nous serons tous dans la même douceur, dans la même harmonie dont les Maîtres mots seront écoute et partage. Les ingrédients qui forment ce charme vont agir tous ensemble pour amener douceur, bonheur et préserver une bonne entente. Que le partage et l'amour familial règne entre tous. Je le veux, c'est ma volonté, qu'il en soit ainsi !

Posez dans un endroit ensoleillé. Après 3 semaines, filtrez et versez en ajoutant un brin d'estragon pour décorer.

Vinaigre de framboise

Utilisation magique : Magie sexuelle
Ingrédients :
200g de framboises
400ml de vinaigre de cidre

Cueillez les framboises en disant :
O Terre sacrée, qui produit et reproduit tout sans qui rien ne peut naître ni mûrir, accorde ce que je demande, mets dans ces herbes que tu crées les vertus bienfaisantes et magiques. Et toi, herbe puissante, sois donc propice, bénéfique, bienfaisante et permet moi d'utiliser tes bienfaits à bon escient. Merci Terre Mère, je te salue. Merci Plante, je te salue.
Lavez-les et placez-les dans un bocal à vis. Faites chauffer le vinaigre et versez-le sur les framboises en disant :
Vous, les Anges du Ciel qui connaissez tous les mystères, accompagnez-moi aujourd'hui. Dieu de Lumière, protégez-moi aujourd'hui. Que mon Chaudron Sacré bouillonne de vie et d'Amour, que le Feu emplisse ma préparation de passion, que l'Eau insuffle l'Amour, que l'Air souffle la Paix, que la Terre densifie, mélange et lie Passion, Amour et Paix. Que l'Esprit soit avec moi. Qu'il en soit ainsi.
Fermez hermétiquement en disant :
Du corps à l'esprit et de l'âme à la chair, par cette préparation, je sens la chaleur des caresses qui mènent à l'extase et au plaisir. Mon corps se charge du goût de la jouissance et du partage de l'amour. Les énergies

fusionnent de l'un à l'autre corps. Les mains se lèvent et ne font plus qu'un, par la magie sacrée. Je le veux, c'est ma volonté, qu'il en soit ainsi !

Placez le bocal dans un endroit chaud. Laissez reposer une semaine puis filtrer (pour conserver ce vinaigre plus longtemps).

Vinaigre aux raisins secs

<u>Utilisation magique :</u> Charmer, séduire
<u>Ingrédients :</u>
100g de raisins secs
1l de vinaigre de cidre
1 cuillère à café de cannelle

Placez les raisins secs et la cannelle dans une bouteille à vis, ajoutez le vinaigre en disant :
Autant à l'intérieur qu'à l'extérieur, j'ouvre mon cœur et mes bras, j'écarte de moi les peurs et les doutes. Ma démarche et mon appel sont purs. Que les événements se créent et nous rapprochent, comme cette huile, le souffle va nous réunir et l'odeur t'amener à moi. Je le veux, c'est ma volonté, qu'il en soit ainsi !
Laissez reposer pendant 6 semaines. Puis filtrez.

Vinaigre de Sureau

N'utiliser que les sommités fleuries. L'arbre fait 2/3 m de haut et ne pas le confondre avec le sureau yèble qui fait 1 m de haut et dont les fleurs sont toxiques.

<u>Utilisation magique :</u> Protège très efficacement des envoûtements, éloigne les nuisances psychiques et éthériques. Prémunit contre les agressions de toutes sortes. A le pouvoir d'obliger le magicien malfaisant à annuler tous ses sorts.

<u>Ingrédients :</u>
50g de fleurs de sureau
½ litre de vinaigre de vin blanc

Cueillez vos fleurs de sureau, de préférence à proximité d'un lieu où coule une rivière ou se trouve une fontaine en disant :

O Terre sacrée, qui produit et reproduit tout sans qui rien ne peut naître ni mûrir, accorde ce que je demande, mets dans ces herbes que tu crées les vertus bienfaisantes et magiques. Et toi, herbe puissante, sois donc propice, bénéfique, bienfaisante et permet moi d'utiliser tes bienfaits à bon escient. Merci Terre Mère, je te salue. Merci Plante, je te salue.

Laissez sécher vos fleurs de sureau dont vous ôtez au maximum les tiges.

Dans un bocal de verre, mettez les fleurs et recouvrez-les de vinaigre en disant :

En ce jour, je bannis toutes les ondes négatives, je place toute ma confiance dans les Forces Divines et je nous unis définitivement au Divin pour nous libérer et nous protéger. Je le veux, c'est ma volonté, qu'il en soit ainsi !

Laissez macérer un mois puis filtrez.

Cette recette demande une dose de patience car les fleurs de sureau sont très légères mais l'efficacité est remarquable et mérite bien votre effort.

Entrées, salades
Cake salé

<u>Utilisation magique</u> : Maintenir l'entente familiale
<u>Ingrédients :</u>
153g de farine
4 œufs
25g de lait en poudre
1 yaourt nature
4 pincées de cannelle, de gingembre, de muscade, de coriandre
Le zeste d' ½ citron, et d'½ orange
1 sachet de levure
19g de beurre
Olives vertes et noires
Lardons allumettes fumés (1 sachet)

Faites préchauffer votre four sur 180°. Enlevez les noyaux de vos olives et coupez-les en petits morceaux en disant :
O Terre sacrée, qui produit et reproduit tout sans qui rien ne peut naître ni mûrir, accorde ce que je demande, mets dans ces herbes que tu crées les vertus bienfaisantes et magiques. Et toi, herbe puissante, sois donc propice, bénéfique, bienfaisante et permet moi d'utiliser tes bienfaits à bon escient. Merci Terre Mère, je te salue. Merci Plante, je te salue.
Avec un couteau économe, prélevez les zestes de citron et d'orange. Mixez-les.

Dans un saladier, battez les œufs avec le lait en poudre et le yaourt, versez les épices, le sel et le poivre en disant :

Vous, les Anges du Ciel qui connaissez tous les mystères, accompagnez-moi aujourd'hui. Dieu de Lumière, protégez-moi aujourd'hui. Que mon Chaudron Sacré bouillonne de vie et d'Amour, que le Feu emplisse ma préparation de passion, que l'Eau insuffle l'Amour, que l'Air souffle la Paix, que la Terre densifie, mélange et lie Passion, Amour et Paix. Que l'Esprit soit avec moi. Qu'il en soit ainsi.

Versez en tamisant la farine, la levure et mélangez rapidement. Ajoutez les lardons allumettes, les olives et les zestes d'agrumes. Lorsque vous avez terminé et que tout est bien mélangé, dites :

Lorsque nous serons rassemblés autour de cette nourriture d'abondance, nous serons tous dans la même douceur, dans la même harmonie dont les maîtres mots seront écoute et partage. Les ingrédients qui forment ce charme vont agir tous ensemble pour amener douceur, bonheur et préserver une bonne entente. Que le partage et l'amour familial règne entre tous. Je le veux, c'est ma volonté, qu'il en soit ainsi !

Beurrez votre moule à cake et versez la préparation.

Cuire pendant une heure en surveillant de façon à ce que le dessus ne brûle pas (dans ce cas, baisser le four à 150°). Servir en tranches fines.

Canapés au fromage blanc et herbes

<u>Utilisation magique</u> : Guérison et protection
<u>Ingrédients :</u>
4 petites tomates
400g de fromage blanc
2 cuillères à soupe de persil haché
2 cuillères à soupe de ciboulette hachée
2 cuillères à soupe de coriandre hachée
4 belles tranches de pain de campagne
2 gousses d'ail
4 cuillères à café de moutarde

Lavez les tomates, les couper en rondelles en disant :
O Terre sacrée, qui produit et reproduit tout sans qui rien ne peut naître ni mûrir, accorde ce que je demande, mets dans ces herbes que tu crées les vertus bienfaisantes et magiques. Et toi, herbe puissante, sois donc propice, bénéfique, bienfaisante et permet moi d'utiliser tes bienfaits à bon escient. Merci Terre Mère, je te salue. Merci Plante, je te salue.
Mélangez le fromage blanc avec les herbes, sel, poivre. Dites
Esprit de persil, de..., je te relie à celui et celle qui te mangera afin qu'il prenne ta santé, ta force et ton invulnérabilité. C'est ma volonté !
Faire griller les tranches au grille-pain, les frotter à l'ail sur une surface, puis les tartiner légèrement de moutarde.

Répartir le fromage sur les tranches de pain et décorer avec les tomates. Servir rapidement pour que le pain reste croustillant.

Cocktail de crevettes

<u>Utilisation magique</u> : Favoriser les contacts médiumniques

<u>Ingrédients :</u>
300g de crevettes roses
1 cuillère à café de Cognac
1 cuillère à café de moutarde (à température ambiante)
1 jaune d'œuf
21cl d'huile
12 brins de ciboulette
6 feuilles de laitue
4 tomates cerise ou 2 tomates
2 cuillères à café de ketchup
1 pincée de noix de muscade
Sel

Sortez l'œuf du réfrigérateur et mélangez le jaune et la moutarde. Laissez en attente. Décortiquez les crevettes (réservez les 4 plus belles) et aspergez de Cognac celles que vous allez utiliser pour la préparation.
Lavez vos feuilles de laitue, et égouttez-les en disant :
O Terre sacrée, qui produit et reproduit tout sans qui rien ne peut naître ni mûrir, accorde ce que je demande, mets dans ces herbes que tu crées les vertus bienfaisantes et magiques. Et toi, herbe puissante, sois donc propice, bénéfique, bienfaisante et permet moi d'utiliser tes bienfaits à bon escient. Merci Terre Mère, je te salue. Merci Plante, je te salue.
Sur une planche à découper, détaillez-en 2, en fines lanières. Préparez votre mayonnaise, dans le bol œuf

moutarde, mélangez activement et ajoutez à la fin un filet l'huile, lorsque la mayonnaise commence à prendre, vous pouvez allez plus vite. Sel, noix de muscade et enfin les 2 cuillères à café de ketchup. Mélangez avec les crevettes au Cognac égouttées.

Dans un verre à pied, au fond, mettez une feuille de salade et superposez émincé de laitue, crevettes, émincé de laitue… (vous pouvez, aussi, comme sur la photo, utiliser un ramequin) en disant :

Autant à l'intérieur qu'à l'extérieur, j'ouvre mon cœur et mes bras aux Esprits de Bon Aloi, j'écarte de moi les peurs et les doutes, repousse la tristesse. Ma démarche et mon appel sont purs. Que les événements se créent et nous rapprochent, comme cette huile, le souffle va nous réunir et l'odeur vous amener à moi. Je le veux, c'est ma volonté, qu'il en soit ainsi !

Pour terminer, posez sur le rebord du verre la crevette réservée et une tomate cerise.

Concombres Aurora

<u>Utilisation magique</u> : En appeler à la Mère Divine dans son domicile de la Lune

<u>Ingrédients :</u>

3 concombres longs
1 oignon rose de Bretagne
1 kg de fromage blanc lisse (20 ou 40% MG)
2 cuillères à soupe d'huile d'olive
9 pincées d'algues (mélange rouge, vert, bleu)
Œufs de lump
Sel, poivre

Epluchez les concombres et l'oignon, râpez le tout. Mettez dans votre passoire pendant environ 1 heure puis pressez bien à la main ou à la fourchette pour extraire l'eau en disant :

O Terre sacrée, qui produit et reproduit tout sans qui rien ne peut naître ni mûrir, accorde ce que je demande, mets dans ces herbes que tu crées les vertus bienfaisantes et magiques. Et toi, herbe puissante, sois donc propice, bénéfique, bienfaisante et permet moi d'utiliser tes bienfaits à bon escient. Merci Terre Mère, je te salue. Merci Plante, je te salue.

Dans votre saladier, mélangez fromage blanc, sel, poivre, huile d'olive, concombre et oignon.

Ensuite ajoutez les 9 pincées d'algues en disant :

Divine Mère, je Vous vois avec votre manteau brillant, la Lune est votre parement. Du côté gauche et du côté droit, guidez, protégez et bénissez tous ceux qui partageront cette nourriture sacrée. Je le veux, c'est ma volonté, qu'il en soit ainsi !

Pour servir, mettez en petites coupelles et ajoutez quelques œufs de lump pour décorer.

Note : *Les algues constituent un groupe hétérogène comprenant des centaines de plantes vivant en eau douce ou salée et se trouvent dans les magasins spécialisés. On pourrait dire qu'il s'agit de légumes aquatiques. Leur taille varie de moins d'un millimètre pour les algues microscopiques, à quelques centaines de mètres pour les laminaires géantes. On classe habituellement les algues comestibles par leur couleur : vertes, brunes et rouges. Les plus courantes sont la laitue de mer, la dulse, la mousse d'Irlande, le haricot ou spaghetti de mer, la nori (ou porphyre, utilisée pour les sushis), le varech et les laminaires.*

Le mimosa du jardin...

<u>Utilisation magique</u> : Appelle la Divine Mère, en tant qu'émanation de Binah (Saturne), protection et rigueur.

<u>Ingrédients :</u>

4 œufs

4 tomates

Mayonnaise :

1 jaune d'œuf

½ cuillère à café de moutarde forte

1 cuillère à café de vinaigre

1 verre d'huile d'olive

Vinaigrette :

2 cuillères à soupe d'huile (d'olive)

½ cuillère à soupe de vinaigre de framboise

7 pincées de mimosa

3 pincées de Persil

Sel, poivre

Sortez vos œufs du réfrigérateur 2 heures avant utilisation. Mettez 4 œufs dans une casserole (cette fois le chaudron est trop grand), ajoutez de l'eau froide et une poignée de gros sel consacré. Amenez à ébullition en disant :

Vous, les Anges du Ciel qui connaissez tous les mystères, accompagnez-moi aujourd'hui. Dieu de Lumière, protégez-moi aujourd'hui. Que mon Chaudron Sacré bouillonne de vie et d'Amour, que le Feu emplisse ma préparation de passion, que l'Eau insuffle l'Amour, que l'Air souffle la Paix, que la Terre densifie, mélange et lie

Passion, Amour et Paix. Que l'Esprit soit avec moi. Qu'il en soit ainsi.

Pendant ce temps, préparez votre mayonnaise. Mettez dans un bol jaune d'œuf et moutarde. Mélangez en battant avec un fouet (électrique). Incorporez tout doucement, en filet très fin au début, l'huile sans cesser de mélanger. Ajoutez la cuillère à café de vinaigre de mimosa, sel, poivre.

Lavez les tomates (qui ne devront pas avoir été conservées au réfrigérateur alors attendez la saison pour les acheter, enlevez la partie d'accroche au pied et coupez en rondelles en disant :

O Terre sacrée, qui produit et reproduit tout sans qui rien ne peut naître ni mûrir, accorde ce que je demande, mets dans ces herbes que tu crées les vertus bienfaisantes et magiques. Et toi, herbe puissante, sois donc propice, bénéfique, bienfaisante et permet moi d'utiliser tes bienfaits à bon escient. Merci Terre Mère, je te salue. Merci Plante, je te salue.

Lorsque vos œufs sont cuits, mettez la casserole dans l'évier et tout en vidant l'eau bouillante, faites coulez ensuite de l'eau bien froide. Laissez refroidir dans l'eau pendant une dizaine de minutes.

Pendant ce temps, préparez votre vinaigrette. Dans un saladier, mettez 2 cuillères d'huile d'olive, la ½ cuillère de vinaigre de framboises et 3 pincées de poudre de mimosa.

Ecalez les œufs et coupez-les en deux, dans le sens de la longueur. Retirez délicatement les jaunes et écrasez-en simplement 3 avec une fourchette. Mélangez-les avec le persil haché et de la mayonnaise. Remplissez les ½ blancs d'œufs avec ce mélange et posez les œufs au centre de votre plat de service (au milieu des tomates en rondelles), dites :

Divine Mère, je Vous vois avec votre manteau brillant, du côté gauche et du côté droit, guidez-moi, protégez-moi, bénissez-moi, et tous ceux qui partageront cette nourriture sacrée. Je le veux, qu'il en soit ainsi !

Emiettez le dernier jaune d'œuf et parsemez œufs et tomates (c'est ce qui donne l'aspect mimosa). Saupoudrez avec les 4 pincées de mimosa restantes.

Piperade

Recette basque !

<u>Utilisation magique</u> : Donner du courage
<u>Ingrédients :</u>
777g de tomates
4 piments doux d'Espelette ou 1 cuillère à café de piment
d'Espelette en poudre
½ verre d'huile d'olive
3 gousses d'ail
4 œufs
Sel, poivre

Faites bouillir une casserole avec 15cm d'eau et plongez
les tomates 1 minute pour pouvoir les peler facilement.
Coupez-les en 4 en disant :
O Terre sacrée, qui produit et reproduit tout sans qui rien
ne peut naître ni mûrir, accorde ce que je demande,
mets dans ces herbes que tu crées les vertus
bienfaisantes et magiques. Et toi, herbe puissante, sois
donc propice, bénéfique, bienfaisante et permet moi
d'utiliser tes bienfaits à bon escient. Merci Terre Mère, je
te salue. Merci Plante, je te salue.
Lavez et videz les piments doux et mixez-les ou coupez-
les en fines lamelles.
Faites chauffer l'huile dans une grande poêle, jetez-y le
mélange tomates, piments ou poudre, gousse d'ail pelée
entière, sel et poivre en disant :
A toi qui règne sur les champs de bataille, fais que mon
courage croisse en taille, qu'il me soit possible de vaincre

toutes mes peurs, pour réaliser ce que je dois avec ardeur.

Couvrez et laissez cuire sur feu doux pendant 30 mn en disant :

Vous, les Anges du Ciel qui connaissez tous les mystères, accompagnez-moi aujourd'hui. Dieu de Lumière, protégez-moi aujourd'hui. Que mon Chaudron Sacré bouillonne de vie et d'Amour, que le Feu emplisse ma préparation de passion, que l'Eau insuffle l'Amour, que l'Air souffle la Paix, que la Terre densifie, mélange et lie Passion, Amour et Paix. Que l'Esprit soit avec moi. Qu'il en soit ainsi.

Otez le couvercle et laissez s'évaporer le jus (cela doit faire une purée consistante). Retirez ou écrasez l'ail (comme vous préférez). Battez les œufs au fouet en omelette. Salez légèrement et versez sur les légumes en mélangeant sans cesse pendant la cuisson.

Note

Pour faire de cette entrée un plat principal, augmentez la quantité d'œufs (8) et faites cuire un peu de riz nature.

Raïta au concombre

Recette pour 6 yaourts
Utilisation magique : Protection
Ingrédients :
1 petit concombre (ou s'il est gros ½)
7 cuillères à café de feuilles de menthe
7 pincées de cumin moulu
9 pincées de coriandre
8 yaourts nature sans sucre
39g de sucre
Sel, poivre

Versez 8 yaourts dans un saladier. Epluchez le concombre et mixez-le en disant :
O Terre sacrée, qui produit et reproduit tout sans qui rien ne peut naître ni mûrir, accorde ce que je demande, mets dans ces herbes que tu crées les vertus bienfaisantes et magiques. Et toi, herbe puissante, sois donc propice, bénéfique, bienfaisante et permet moi d'utiliser tes bienfaits à bon escient. Merci Terre Mère, je te salue. Merci Plante, je te salue.
Retirez l'excédent d'eau en le pressant dans vos mains.

Mélangez tous les ingrédients dans le saladier, sel et poivre en disant :
Par la puissance de ces aliments, j'invoque les forces divines, à m'assurer protection. Qu'il en soit ainsi, ici et maintenant.

Se déguste soit en verrine, soit en accompagnement d'un apéritif où vous pouvez éplucher et détailler des morceaux de légumes (carottes, radis, concombre...) qui sont trempés dans la préparation.

Salade Aurora

<u>Utilisation magique</u> : Relie à la Divine Mère.
<u>Ingrédients :</u>
800g de pommes de terre Rosa
1 salade feuille de chêne rouge
50g de ciboulette
2 gousses d'ail
9 pincées de persil
3 tomates
2 œufs durs
2 citrons verts
Huile d'olive
Vinaigre de framboise
7 pincées de poudre de mimosa
Sel, poivre

Epluchez les pommes de terre en disant :
O Terre sacrée, qui produit et reproduit tout sans qui rien ne peut naître ni mûrir, accorde ce que je demande, mets dans ces herbes que tu crées les vertus bienfaisantes et magiques. Et toi, herbe puissante, sois donc propice, bénéfique, bienfaisante et permet moi d'utiliser tes bienfaits à bon escient. Merci Terre Mère, je te salue. Merci Plante, je te salue.
Mettez-les dans le chaudron. Couvrez d'eau (et d'un couvercle), ajoutez du sel de mer. Faites bouillir l'eau et cuire pendant 20 à 30 minutes (selon la grosseur des pommes de terre). Lorsqu'elles sont cuites, le couteau entre facilement dans la pomme de terre, si vous la piquez.

Egouttez dans la passoire puis étalez sur une assiette pour faire refroidir. Dans une petite casserole d'eau froide, mettez vos deux œufs avec une poignée de gros sel. Faites bouillir l'eau (pas trop fort sinon les œufs cassent) pendant 10 minutes. Quand l'eau commence à bouillir, dites :

Vous, les Anges du Ciel qui connaissez tous les mystères, accompagnez-moi aujourd'hui. Dieu de Lumière, protégez-moi aujourd'hui. Que mon Chaudron Sacré bouillonne de vie et d'Amour, que le Feu emplisse ma préparation de passion, que l'Eau insuffle l'Amour, que l'Air souffle la Paix, que la Terre densifie, mélange et lie Passion, Amour et Paix. Que l'Esprit soit avec moi. Qu'il en soit ainsi.

Enlevez l'eau de cuisson des œufs et remplissez la casserole avec de l'eau bien froide (cela a pour effet de bloquer la cuisson et de permettre un écaillage plus facile).

Hachez ensemble, persil, ciboulette, ail, incorporez le jus des citrons vertes, l'huile. Epluchez et coupez en petits morceaux une tomate pour l'ajouter au mélange. Coupez les pommes de terre en dés et versez-les dans la vinaigrette. Mélangez délicatement. Epluchez la salade, sans couper les feuilles, lavez-la et assaisonnez-la à part :

2 cuillères d'huile d'olive, ½ cuillère de vinaigre de framboise, sel, poivre, 7 brins de ciboulette. Mettez les feuilles sur un plat de service, comme un lit. Ecrasez un œuf dur à la fourchette et réservez.

Sur le lit de salade, installez les pommes de terre et la vinaigrette aux herbes, coupez l'œuf dur restant et les 2 tomates en quartier. Récupérez la vinaigrette restante dans le saladier et versez les tomates.

Saupoudrez avec l'œuf dur mouliné et la poudre de mimosa et dites :

Divine Mère, cette préparation me relie, et tous ceux qui la mangeront, à Toi. Insuffle ta Force Divine, bénis-moi, protège-moi. Je le veux, qu'il en soit ainsi .

Salade de pâtes au parmesan et aux poivrons

<u>Utilisation magique</u> : Chasser les idées noires
<u>Ingrédients :</u>
500g de pâtes
300g de parmesan
2 poivrons rouges
2 gousses d'ail
60g de pignons de pin
1 branche de basilic
1 cuillère à soupe de thym
3 cuillères à soupe d'huile d'olive
1 cuillère à soupe de vinaigre de vin
Sel, poivre

Préchauffez le four sur 180°. Lavez et coupez les poivrons en 2, épinez-les en disant :
O Terre sacrée, qui produit et reproduit tout sans qui rien ne peut naître ni mûrir, accorde ce que je demande, mets dans ces herbes que tu crées les vertus bienfaisantes et magiques. Et toi, herbe puissante, sois donc propice, bénéfique, bienfaisante et permet moi d'utiliser tes bienfaits à bon escient. Merci Terre Mère, je te salue. Merci Plante, je te salue.
Faites-les cuire dans le four pendant 30 minutes.
Faites bouillir de l'eau salée et cuire les pâtes al dente en disant :
Vous, les Anges du Ciel qui connaissez tous les mystères, accompagnez-moi aujourd'hui. Dieu de Lumière, protégez-moi aujourd'hui. Que mon Chaudron Sacré

bouillonne de vie et d'Amour, que le Feu emplisse ma préparation de passion, que l'Eau insuffle l'Amour, que l'Air souffle la Paix, que la Terre densifie, mélange et lie Passion, Amour et Paix. Que l'Esprit soit avec moi. Qu'il en soit ainsi.

Egouttez-les.

Epluchez l'ail, lavez et ciselez le basilic et mettez dans un bol huile, vinaigre, basilic, ail et thym, sel, poivre en disant :

«O herbes libératrices, je vous conjure, par le Soleil et par la Lune, par le Ciel et par la Terre, par votre vertu de libérer toutes tensions et toutes idées noires. Que le vent souffle et emporte au loin toutes les mauvaises idées qui empoisonnent. Je le veux, c'est ma volonté, qu'il en soit ainsi !

Epluchez les poivrons et coupez-les en lanières. Faites des copeaux dans le fromage avec un couteau économe.

Mettez les pâtes dans un saladier, ajoutez les poivrons, le fromage émietté en copeaux. Assaisonnez avec l'huile aux herbes. Faites griller les pignons de pin et versez-les sur les pâtes.

Salade de tomates à la feta et au pesto

Utilisation magique : Attirer l'amour
Ingrédients :
4 tomates
250g de feta (nature ou à l'huile d'olive)
1 bouquet de basilic
30g de pignons de pin
1 gousse d'ail
1 citron
19cl d'huile d'olive
5 pincées de cannelle
12 olives noires à la grecque

Lavez le basilic, pelez l'ail et hachez les deux ensembles en disant :
O Terre sacrée, qui produit et reproduit tout sans qui rien ne peut naître ni mûrir, accorde ce que je demande, mets dans ces herbes que tu crées les vertus bienfaisantes et magiques. Et toi, herbe puissante, sois donc propice, bénéfique, bienfaisante et permet moi d'utiliser tes bienfaits à bon escient. Merci Terre Mère, je te salue. Merci Plante, je te salue.

Grillez légèrement les pignons de pin en disant :

Vous, les Anges du Ciel qui connaissez tous les mystères, accompagnez-moi aujourd'hui. Dieu de Lumière, protégez-moi aujourd'hui. Que mon Chaudron Sacré bouillonne de vie et d'Amour, que le Feu emplisse ma préparation de passion, que l'Eau insuffle l'Amour, que l'Air souffle la Paix, que la Terre densifie, mélange et lie Passion, Amour et Paix. Que l'Esprit soit avec moi. Qu'il en soit ainsi.

Mettez le mélange ail/basilic dans un bol, ajoutez l'huile d'olive et le citron pressé. Salez et poivrez le pesto, coupez les tomates en quartier, ajoutez la cannelle et répandez le pesto dessus en disant :

Autant à l'intérieur qu'à l'extérieur, j'ouvre mon cœur et mes bras, j'écarte de moi les peurs et les doutes. Ma démarche et mon appel sont purs. Que les événements se créent et nous rapprochent, comme cette huile, le souffle va nous réunir et l'odeur t'amener à moi. Je le veux, c'est ma volonté, qu'il en soit ainsi !

Coupez la feta en cubes et ajoutez, enfin parsemez d'olives grecques noires.

Soufflé au fromage

Utilisation magique :
Augmenter ses ressources
Ingrédients :
3 œufs
77g de gruyère râpé
40g de beurre
30g de farine
1/4 de litre de lait (250g)
Sel, poivre

Beurrez un moule à soufflé (indispensable).
Préparez une sauce béchamel épaisse : faites fondre le beurre sur feu doux. Ajoutez la farine et délayez sur le feu quelques minutes. Ajoutez progressivement le lait froid, sel et poivre. Mélangez jusqu'à épaississement (environ 10mn) en disant :
Vous, les Anges du Ciel qui connaissez tous les mystères, accompagnez-moi aujourd'hui. Dieu de Lumière, protégez-moi aujourd'hui. Que mon Chaudron Sacré bouillonne de vie et d'Amour, que le Feu emplisse ma préparation de passion, que l'Eau insuffle l'Amour, que l'Air souffle la Paix, que la Terre densifie, mélange et lie Passion, Amour et Paix. Que l'Esprit soit avec moi. Qu'il en soit ainsi.
Allumez le four sur 170°. Séparez les jaunes des blancs d'œufs, et réservez les blancs. Hors du feu, ajoutez à la béchamel, le gruyère râpé, les 3 jaunes d'œufs en disant :

O Terre sacrée, qui produit et reproduit tout sans qui rien ne peut naître ni mûrir, accorde ce que je demande, mets dans ces herbes que tu crées les vertus bienfaisantes et magiques. Et toi, herbe puissante, sois donc propice, bénéfique, bienfaisante et permet moi d'utiliser tes bienfaits à bon escient. Merci Terre Mère, je te salue. Merci Plante, je te salue.

Ajoutez une pincée de sel aux blancs. Battez-les en neige très ferme, puis avec précaution, sans les briser, incorporez-les à votre béchamel en disant :

Mère d'Abondance, je vous invoque et vous honore. Daignez m'apporter richesse, abondance et prospérité chaque jour de ma vie. Je le veux, c'est ma volonté, qu'il en soit ainsi !

Versez dans le moule et faites cuire 30 mn.

Taboulé à la menthe

<u>Utilisation magique</u> : Fertilité, abondance
<u>Ingrédients :</u>
200g de semoule de blé
1 citron
1 cuillère à soupe de vinaigre de framboise
4 cuillères à soupe d'huile d'olive
3 belles tomates
1 concombre
10 feuilles de menthe fraîche
10 pincées de coriandre
5 pincées de noix de muscade
30g de raisins secs
Sel, poivre

Epluchez le citron à blanc en disant :
O Terre sacrée, qui produit et reproduit tout sans qui rien ne peut naître ni mûrir, accorde ce que je demande, mets dans ces herbes que tu crées les vertus bienfaisantes et magiques. Et toi, herbe puissante, sois donc propice, bénéfique, bienfaisante et permet moi d'utiliser tes bienfaits à bon escient. Merci Terre Mère, je te salue. Merci Plante, je te salue.
Faites bouillir de l'eau dans le chaudron et jetez les tomates dans l'eau bouillante pendant 2 minutes en disant :
Vous, les Anges du Ciel qui connaissez tous les mystères, accompagnez-moi aujourd'hui. Dieu de Lumière, protégez-moi aujourd'hui. Que mon Chaudron Sacré bouillonne de vie et d'Amour, que le Feu emplisse ma

préparation de passion, que l'Eau insuffle l'Amour, que l'Air souffle la Paix, que la Terre densifie, mélange et lie Passion, Amour et Paix. Que l'Esprit soit avec moi. Qu'il en soit ainsi.

Retirez-les et épluchez-les. Dans le robot mettez tous les ingrédients, sauf la semoule et les raisins secs. Mixez finement. Dans un plat creux, mettez la semoule, les raisins et ajoutez la sauce contenue dans le mixeur. Mélangez soigneusement en disant :

Mère d'Abondance, je vous invoque et vous honore pour m'apporter richesse, abondance et prospérité chaque jour de ma vie. Je le veux, c'est ma volonté, qu'il en soit ainsi !

Couvrez votre plat d'un film transparent et mettez au réfrigérateur. Mélangez et goûtez avant de déguster afin de rectifier l'assaisonnement.

Soupes, veloutés
Consommé aux huîtres et au safran

<u>Utilisation magique</u> : Protection
<u>Ingrédients :</u>
40 huîtres
4 cuillères à soupe d'huile
5 oignons nouveaux ou 2 oignons rosés de Bretagne
60cl de lait et 21cl de crème fraîche
9 pincées d'aneth et 1 dose de safran
Sel, poivre

Epluchez, lavez et hachez les oignons blancs en disant :
O Terre sacrée, qui produit et reproduit tout sans qui rien ne peut naître ni mûrir, accorde ce que je demande, mets dans ces herbes que tu crées les vertus bienfaisantes et magiques. Et toi, herbe puissante, sois donc propice, bénéfique, bienfaisante et permet moi d'utiliser tes bienfaits à bon escient. Merci Terre Mère, je te salue. Merci Plante, je te salue.
Dans votre chaudron faites chauffer l'huile et ajoutez les oignons. Faites dorer puis ajoutez lait, safran, aneth, sel et poivre. Faites cuire 10 mn en disant :
Vous, les Anges du Ciel qui connaissez tous les mystères, accompagnez-moi aujourd'hui. Dieu de Lumière, protégez-moi aujourd'hui. Que mon Chaudron Sacré bouillonne de vie et d'Amour, que le Feu emplisse ma préparation de passion, que l'Eau insuffle l'Amour, que l'Air souffle la Paix, que la Terre densifie, mélange et lie

Passion, Amour et Paix. Que l'Esprit soit avec moi. Qu'il en soit ainsi.

Ouvrez les huîtres et sortez-les des coquilles en disant :

Par la puissance de ces aliments, j'invoque les forces divines à m'assurer protection. Je le veux, qu'il en soit ainsi.

Mélangez, ajoutez les huîtres et leur eau, goûtez et rectifiez si besoin l'assaisonnement. Faire cuire 2 mn à gros bouillons.

Crème d'oseille au basilic

<u>Utilisation magique</u> : Apaiser une dispute
<u>Ingrédients :</u>
150g d'oseille
3 pommes de terre moyennes
4 cuillères à soupe de crème fraîche
1 cuillère à soupe de beurre
1 litre d'eau
7 feuilles de basilic frais (ou 7 pincées de surgelé)
Sel, poivre

Epluchez et lavez les pommes de terre. Mettez à cuire dans l'eau salée.

Pendant ce temps, enlevez les tiges les plus grosses de l'oseille, lavez-là et hachez grossièrement en disant :

O Terre sacrée, qui produit et reproduit tout sans qui rien ne peut naître ni mûrir, accorde ce que je demande, mets dans ces herbes que tu crées les vertus bienfaisantes et magiques. Et toi, herbe puissante, sois donc propice, bénéfique, bienfaisante et permet moi d'utiliser tes bienfaits à bon escient. Merci Terre Mère, je te salue. Merci Plante, je te salue.

Faites fondre le beurre dans une poêle.

Ajoutez l'oseille et remuez jusqu'à ce qu'elle soit fondue en disant :

Vous, les Anges du Ciel qui connaissez tous les mystères, accompagnez-moi aujourd'hui. Dieu de Lumière, protégez-moi aujourd'hui. Que mon Chaudron Sacré bouillonne de vie et d'Amour, que le Feu emplisse ma préparation de passion, que l'Eau insuffle l'Amour, que

l'Air souffle la Paix, que la Terre densifie, mélange et lie Passion, Amour et Paix. Que l'Esprit soit avec moi. Qu'il en soit ainsi.

Versez l'oseille dans le chaudron avec les pommes de terre qui continuent de cuire, en disant :

Par la Puissances des Quatre Eléments et les forces de la nature que contiennent ces ingrédients, que le feu de la dispute s'apaise, que les mauvais mots prononcés s'évaporent, que notre relation retrouve la tranquillité et que l'harmonie soit. Que le feu de la colère s'apaise et les miasmes de la dispute disparaissent. Que chacun retrouve raison par l'intermédiaire des Quatre Eléments et des Forces Divines. Je le veux, c'est ma volonté, qu'il en soit ainsi !

Laissez cuire à petit bouillon jusqu'à avoir 30 mn de cuisson au total (il doit rester entre 5 et 10 mn).

Ajoutez la crème et mixez. Poivrez. Au moment de servir, ajoutez les feuilles de basilic.

Potage au cresson

<u>Utilisation magique</u> : Protéger son couple

<u>Ingrédients :</u>
1 botte de cresson
3 pommes de terre
1 échalote
5 pincées de thym
1l de bouillon (ou 1l d'eau et 2 Kub'or)
30g de beurre
25cl de lait
Sel, poivre

Nettoyez le cresson et enlevez les grosses tiges en disant :

O Terre sacrée, qui produit et reproduit tout sans qui rien ne peut naître ni mûrir, accorde ce que je demande, mets dans ces herbes que tu crées les vertus bienfaisantes et magiques. Et toi, herbe puissante, sois donc propice, bénéfique, bienfaisante et permet moi d'utiliser tes bienfaits à bon escient. Merci Terre Mère, je te salue. Merci Plante, je te salue.

Réservez 10 feuilles. Faites revenir le reste du cresson dans le beurre avec les pommes de terre coupées en petits cubes, sel, poivre, l'échalote hachée et le thym. Une fois le cresson ramolli, ajoutez le bouillon et le lait et dites :

Vous, les Anges du Ciel qui connaissez tous les mystères, accompagnez-moi aujourd'hui. Dieu de Lumière, protégez-moi aujourd'hui. Que mon Chaudron Sacré bouillonne de vie et d'Amour, que le Feu emplisse ma

préparation de passion, que l'Eau insuffle l'Amour, que l'Air souffle la Paix, que la Terre densifie, mélange et lie Passion, Amour et Paix. Que l'Esprit soit avec moi. Qu'il en soit ainsi.

Maintenez à petite ébullition pendant 25 à 30 mn.

Lorsque les pommes de terre sont bien tendres, mixez en disant :

Je révèle le pouvoir magique de ces plantes. Que le pouvoir de Vénus pénètre ce mélange et fasse que notre amour se fortifie sur tous les plans. Que les forces divines bénissent notre union. C'est ma volonté, qu'il en soit ainsi !

Soupe à l'ail et à la sauge

<u>Utilisation magique</u> :
Nettoyage des corps physiques, astraux ou éthériques après des agapes et abus...
<u>Ingrédients</u> :
1 l d'eau
8 gousses d'ail
8 tiges de sauge *(à éviter pour les femmes enceintes)*
1 feuille de laurier
Huile d'olive
8 tranches de pain de campagne
Sel, poivre

Faites chauffer dans une casserole un litre d'eau et le gros sel.
Epluchez vos gousses d'ail, enlevez les tiges de la sauge, lavez-là, en disant :
O Terre sacrée, qui produit et reproduit tout sans qui rien ne peut naître ni mûrir, accorde ce que je demande, mets dans ces herbes que tu crées les vertus bienfaisantes et magiques. Et toi, herbe puissante, sois donc propice, bénéfique, bienfaisante et permet moi d'utiliser tes bienfaits à bon escient. Merci Terre Mère, je te salue. Merci Plante, je te salue.
Mettez l'ail, le laurier et la sauge dans l'eau bouillante salée, couvrez et laissez bouillir 15mn en disant :
Vous, les Anges du Ciel qui connaissez tous les mystères, accompagnez-moi aujourd'hui. Dieu de Lumière, protégez-moi aujourd'hui. Que mon Chaudron Sacré bouillonne de vie et d'Amour, que le Feu emplisse ma

préparation de passion, que l'Eau insuffle l'Amour, que l'Air souffle la Paix, que la Terre densifie, mélange et lie Passion, Amour et Paix. Que l'Esprit soit avec moi. Qu'il en soit ainsi. L'Un en qui tout est, apporte santé et paix, mélangé en rond apportera le soulagement de la souffrance.

Pendant ce temps, sous le grill du four déposez les tranches de pain légèrement huilées. Otez la casserole du feu et laissez reposer 10 mn, enlevez le laurier. Mixez, poivrez et mélangez.

Soupe à l'oignon

<u>Utilisation magique</u> : Cette soupe aura des vertus de protection, guérison, purification et... fertilité (au sens général du terme) et c'est dans cet esprit qu'il faut la charger .

<u>Ingrédients :</u>
3 gros oignons
Huile d'olive
30g de Farine
4 tranches de Pain de campagne grillé
50g de Gruyère râpé
Sel marin, poivre

Épluchez les oignons et émincez-les en disant :
O Terre sacrée, qui produit et reproduit tout sans qui rien ne peut naître ni mûrir, accorde ce que je demande, mets dans ces herbes que tu crées les vertus bienfaisantes et magiques. Et toi, herbe puissante, sois donc propice, bénéfique, bienfaisante et permet moi d'utiliser tes bienfaits à bon escient. Merci Terre Mère, je te salue. Merci Plante, je te salue.
Faites-les dans le faitout avec l'huile d'olive, à découvert, en disant :
Vous, les Anges du Ciel qui connaissez tous les mystères, accompagnez-moi aujourd'hui. Dieu de Lumière, protégez-moi aujourd'hui. Que mon Chaudron Sacré bouillonne de vie et d'Amour, que le Feu emplisse ma préparation de passion, que l'Eau insuffle l'Amour, que l'Air souffle la Paix, que la Terre densifie, mélange et lie

Passion, Amour et Paix. Que l'Esprit soit avec moi. Qu'il en soit ainsi.

Lorsque les oignons sont dorés mais non brûlés, saupoudrez de farine et remuez avec votre cuillère en bois. Ajoutez 3/4 litre d'eau, sel, poivre et laissez bouillir doucement pendant 20 mn.

Lorsque la préparation bout, vous pouvez la charger en fonction de l'usage que vous souhaitez lui donner. Lorsque vous l'avez déterminé, dites :

Pour favoriser l'abondance

Par les Sceaux sacrés, je me relie aux Puissances de l'Univers et aux Forces Divines afin que cette préparation ait le pouvoir d'aimanter la réussite. La Corne d'Abondance déverse sur ceux qui mangeront ses mille cadeaux, ses milles bienfaits, sous toutes leurs formes. Je le veux, c'est ma volonté, qu'il en soit ainsi !

Pour le nettoyage d'une maison

Vous herbes puissantes, je vous charge de nettoyer ma maison de toutes les énergies négatives, de toute présence malsaine et de toute jalousie. Je libère cet endroit de tout blocage. Je le veux, c'est ma volonté, qu'il en soit ainsi !

Pour le nettoyage des lieux

Ces effluves purifient ce lieu, exorcisent ce lieu, toutes les forces nuisibles en sont chassées par la force et le bien. Je le veux, c'est ma volonté, qu'il en soit ainsi !

Faites griller vos tranches de pain de campagne.

Versez la soupe en bols individuels, le pain de campagne et le gruyère râpé. Faites gratiner sous la grille du four.

Soupe au Pistou

<u>Utilisation magique</u> : Libération, protection et paix
<u>Ingrédients :</u>
2 courgettes
144g d'haricots verts
2 carottes
300g de haricots blancs (soit environ 1Kg à écosser)
4 tomates
3 pommes de terre
50g de coquillettes
2 gousses d'ail
3 branches de basilic vert (ou 2 si elles sont fournies)
50g de parmesan
½ verre d'huile d'olive
Sel, poivre

Mettez à bouillir 1 litre ½ d'eau salée. Equeutez et épluchez les légumes, pour les tomates, plongez-les 2 minutes dans l'eau bouillante puis épluchez-les, lavez les autres légumes en disant :
O Terre sacrée, qui produit et reproduit tout sans qui rien ne peut naître ni mûrir, accorde ce que je demande, mets dans ces herbes que tu crées les vertus bienfaisantes et magiques. Et toi, herbe puissante, sois donc propice, bénéfique, bienfaisante et permet moi d'utiliser tes bienfaits à bon escient. Merci Terre Mère, je te salue. Merci Plante, je te salue.
Coupez-les en petits morceaux et jetez-les dans l'eau bouillante. Couvrez et laissez cuire environ 45mn sur feu doux en disant :

Vous, les Anges du Ciel qui connaissez tous les mystères, accompagnez-moi aujourd'hui. Dieu de Lumière, protégez-moi aujourd'hui. Que mon Chaudron Sacré bouillonne de vie et d'Amour, que le Feu emplisse ma préparation de passion, que l'Eau insuffle l'Amour, que l'Air souffle la Paix, que la Terre densifie, mélange et lie Passion, Amour et Paix. Que l'Esprit soit avec moi. Qu'il en soit ainsi.

Ajoutez les coquillettes et poursuivez la cuisson pendant 15mn. Préparez le Pistou . Ecrasez au pilon l'ail et les feuilles de basilic. Ajoutez le parmesan râpé (pour toutes ces opérations vous pouvez aussi utiliser votre petit mixeur, lorsque c'est mouliné, remettez dans un bol) puis peu à peu ajoutez l'huile d'olive, en mélangeant comme une mayonnaise.

Au moment de servir, jetez votre Pistou dans le chaudron et délayez en disant :

En ce jour, je bannis toutes les ondes négatives, je place toute ma confiance dans les Forces Divines et je nous unis définitivement au Divin pour nous libérer et nous protéger. Je le veux, c'est ma volonté, qu'il en soit ainsi !

Soupe au pôriau de Tante Jeanne

Recette normande. Ne pas mouliner la soupe.

<u>Utilisation magique</u> : Favoriser l'abondance
<u>Ingrédients :</u>
Un litre de bouillon (ou 1 Litre d'eau et 2 Kub'or)
2 poireaux
4 navets
3 pommes de terre
30 haricots verts frais
1 pomme (fruit)
100 g de beurre
2 jaunes d'œufs
50g de crème fraîche d'Isigny
Persil haché
4 cuillères à soupe de Calva
Sel, poivre

Epluchez les légumes, la pomme et équeutez les haricots verts en disant :
O Terre sacrée, qui produit et reproduit tout sans qui rien ne peut naître ni mûrir, accorde ce que je demande, mets dans ces herbes que tu crées les vertus bienfaisantes et magiques. Et toi, herbe puissante, sois donc propice, bénéfique, bienfaisante et permet moi d'utiliser tes bienfaits à bon escient. Merci Terre Mère, je te salue. Merci Plante, je te salue.
Mettez 100g de beurre dans le chaudron et saisissez sur feu vif les navets, les pommes de terre et la pomme coupés en dés et les haricots verts en morceaux de 2cm,

ajoutez les poireaux coupés en lamelles et laissez prendre couleur en mélangeant régulièrement. Ajoutez le Calva, laissez chauffer un peu et en retirant de sous la hotte aspirante, faites flamber.

Ajoutez un litre de bouillon (eau + 2 Kub'or), sel et poivre gris et dites :

Vous, les Anges du Ciel qui connaissez tous les mystères, accompagnez-moi aujourd'hui. Dieu de Lumière, protégez-moi aujourd'hui. Que mon Chaudron Sacré bouillonne de vie et d'Amour, que le Feu emplisse ma préparation de passion, que l'Eau insuffle l'Amour, que l'Air souffle la Paix, que la Terre densifie, mélange et lie Passion, Amour et Paix. Que l'Esprit soit avec moi. Qu'il en soit ainsi.

Laissez cuire pendant 40mn environ (sur feu moyen, votre soupe doit frémir ou tout juste bouillonner).

Prenez vos deux jaunes d'œuf que vous battez jusqu'à ce qu'ils palissent et deviennent mousseux.

Enlevez le chaudron du feu et au moment de servir, ajoutez les deux jaunes en mélangeant énergiquement pour qu'ils ne filent pas, et à ce moment dites :

Par les Sceaux sacrés, je me relie aux Puissances de l'Univers et aux Forces Divines afin que cette préparation ait le pouvoir d'aimanter la réussite. La Corne d'Abondance déverse sur ceux qui mangeront ses mille cadeaux, ses milles bienfaits, sous toutes leurs formes. Je le veux, c'est ma volonté, qu'il en soit ainsi !

Ajoutez 50g de crème fraîche épaisse (d'Isigny) et un peu de persil haché.

Soupe aux 7 légumes

<u>Utilisation magique</u> : Favoriser la réussite
<u>Ingrédients :</u>
2 poireaux (moyens)
3 carottes
3 navets
2 pommes de terre
2 tomates
1 branche de céleri
1 courgette
2 gousses d'ail et 3 branches de persil
2 Kub'or
Sel, poivre

Epluchez ou pelez les légumes. Lavez-les et détaillez-les en gros morceaux en disant :
O Terre sacrée, qui produit et reproduit tout sans qui rien ne peut naître ni mûrir, accorde ce que je demande, mets dans ces herbes que tu crées les vertus bienfaisantes et magiques. Et toi, herbe puissante, sois donc propice, bénéfique, bienfaisante et permet moi d'utiliser tes bienfaits à bon escient. Merci Terre Mère, je te salue. Merci Plante, je te salue.
Mettez dans le chaudron et recouvrez d'eau, sel et poivre. Lavez et émincez le persil. Faites cuire 30 mn en disant :
Vous, les Anges du Ciel qui connaissez tous les mystères, accompagnez-moi aujourd'hui. Dieu de Lumière, protégez-moi aujourd'hui. Que mon Chaudron Sacré bouillonne de vie et d'Amour, que le Feu emplisse ma

préparation de passion, que l'Eau insuffle l'Amour, que l'Air souffle la Paix, que la Terre densifie, mélange et lie Passion, Amour et Paix. Que l'Esprit soit avec moi. Qu'il en soit ainsi.

Ajoutez les Kub'Or et mixez puis saupoudrez de persil, dites :

Au nom des Puissances Supérieures, que la Force Divine descende dans cette préparation afin qu'elle favorise la réussite de mes demandes. C'est ma volonté, qu'il en soit ainsi !

Soupe aux tomates fraîches

<u>Utilisation magique</u> : Attirer l'argent
<u>Ingrédients :</u>
1kg de tomates bien mûres (ou une boîte de tomates pelées)
500g de pommes de terre
3 gousses d'ail
Huile d'olive
3 branches de basilic et 5 pincées de cannelle moulue
Sel, poivre

Portez à ébullition 1 litre d'eau. Ajoutez les tomates et laissez bouillir 2 minutes de façon à les peler facilement en disant :
O Terre sacrée, qui produit et reproduit tout sans qui rien ne peut naître ni mûrir, accorde ce que je demande, mets dans ces herbes que tu crées les vertus bienfaisantes et magiques. Et toi, herbe puissante, sois donc propice, bénéfique, bienfaisante et permet moi d'utiliser tes bienfaits à bon escient. Merci Terre Mère, je te salue. Merci Plante, je te salue.
Coupez les tomates en 6 ou 8 (selon leur grosseur). Réservez.
Epluchez les pommes de terre, lavez-les et coupez-les en morceaux. Epluchez l'ail. Dans le chaudron, faites chauffer l'huile d'olive et ajoutez les pommes de terre, les tomates, ail, 1 litre d'eau, sel et poivre. Laissez cuire pendant 30 mn en disant :
Vous, les Anges du Ciel qui connaissez tous les mystères, accompagnez-moi aujourd'hui. Dieu de Lumière,

protégez-moi aujourd'hui. Que mon Chaudron Sacré bouillonne de vie et d'Amour, que le Feu emplisse ma préparation de passion, que l'Eau insuffle l'Amour, que l'Air souffle la Paix, que la Terre densifie, mélange et lie Passion, Amour et Paix. Que l'Esprit soit avec moi. Qu'il en soit ainsi.

Quand les légumes sont cuits, mixez-les, ajoutez le basilic ciselé et la cannelle en disant :

Mère d'Abondance, je vous invoque et vous honore pour m'apporter richesse, abondance et prospérité chaque jour de ma vie. Je le veux, c'est ma volonté, qu'il en soit ainsi !

Soupe flamande

<u>Utilisation magique</u> : Favoriser la guérison
<u>Ingrédients :</u>
444g de pommes de terre
100g de céleri rave
2 oignons
1 gousse d'ail
1 cuillère à soupe de concentré de tomates
8 pincées de thym (ou une branche)
3 pincées de cerfeuil (séché)
Sel, poivre

Epluchez et lavez les pommes de terre et le céleri rave. Epluchez les oignons. Coupez le tout en morceaux en disant :
O Terre sacrée, qui produit et reproduit tout sans qui rien ne peut naître ni mûrir, accorde ce que je demande, mets dans ces herbes que tu crées les vertus bienfaisantes et magiques. Et toi, herbe puissante, sois donc propice, bénéfique, bienfaisante et permet moi d'utiliser tes bienfaits à bon escient. Merci Terre Mère, je te salue. Merci Plante, je te salue.
Mettez-les dans votre chaudron avec 1 litre ½ d'eau, ail, concentré de tomates, thym, sel et poivre. Portez à ébullition et laissez mijoter une heure en disant :
Vous, les Anges du Ciel qui connaissez tous les mystères, accompagnez-moi aujourd'hui. Dieu de Lumière, protégez-moi aujourd'hui. Que mon Chaudron Sacré bouillonne de vie et d'Amour, que le Feu emplisse ma préparation de passion, que l'Eau insuffle l'Amour, que

l'Air souffle la Paix, que la Terre densifie, mélange et lie Passion, Amour et Paix. Que l'Esprit soit avec moi. Qu'il en soit ainsi.

Puis en mélangeant dans le sens des aiguilles d'une montre   :

l'Un en qui tout est, apporte santé et paix, mélangé en rond apportera le soulagement de la souffrance.

Mixez et incorporez une noix de beurre. Parsemez de cerfeuil.

Soupe verte au camembert

<u>Utilisation magique</u> : Protection !
<u>Ingrédients :</u>
1 camembert (non pasteurisé)
2 pommes de terre
2 poireaux
300g de petits pois écossés
144 g de feuilles d'épinards
1 laitue (vous pouvez réservez le cœur pour la salade, utilisez surtout les feuilles vertes)
10 brins de ciboulette
30g de beurre
4 cuillères à soupe de crème fraîche
2 Kub'Or
8 pincées de sésame
Sel, poivre

Lavez et ciselez la ciboulette, réservez. Pelez, lavez et détaillez les pommes de terre. Enlevez les tiges des épinards et lavez-les à grande eau. Lavez et émincez les poireaux, effeuillez et lavez la laitue en disant :
O Terre sacrée, qui produit et reproduit tout sans qui rien ne peut naître ni mûrir, accorde ce que je demande, mets dans ces herbes que tu crées les vertus bienfaisantes et magiques. Et toi, herbe puissante, sois donc propice, bénéfique, bienfaisante et permet moi d'utiliser tes bienfaits à bon escient. Merci Terre Mère, je te salue. Merci Plante, je te salue.
Dans le chaudron, faites fondre le beurre et déposez l'ensemble des légumes verts que vous laissez revenir

pendant 5 mn. Versez 2 litres d'eau et ajoutez le Kub'Or. Puis, ajoutez les pommes de terre, sel, poivre et faites bouillir en disant :

Vous, les Anges du Ciel qui connaissez tous les mystères, accompagnez-moi aujourd'hui. Dieu de Lumière, protégez-moi aujourd'hui. Que mon Chaudron Sacré bouillonne de vie et d'Amour, que le Feu emplisse ma préparation de passion, que l'Eau insuffle l'Amour, que l'Air souffle la Paix, que la Terre densifie, mélange et lie Passion, Amour et Paix. Que l'Esprit soit avec moi. Qu'il en soit ainsi.

Faites cuire environ 20 mn supplémentaires. Taillez le camembert en morceaux et ajoutez au contenu du chaudron. Poursuivez la cuisson pendant 10 minutes et mixez.

Répartissez le velouté dans les assiettes, ajoutez au centre une cuillère de crème fraîche, parsemez de ciboulette et de 2 pincées de sésame par bol, en disant :

Vous herbes puissantes, je vous charge de nettoyer ma maison de toutes les énergies négatives, de toute présence malsaine et de toute jalousie. Je libère cet endroit de tout blocage. Je le veux, c'est ma volonté, qu'il en soit ainsi !

Velouté de courgettes à la Vache qui rit

<u>Utilisation magique</u> : Nettoyer une maison et éloigner les esprits maléfiques
<u>Ingrédients :</u>
1kg de courgettes
7 Vache qui rit
5 pincées de persil
2 kub'or
Sel, poivre

Coupez les extrémités des courgettes et lavez-les en disant :
O Terre sacrée, qui produit et reproduit tout sans qui rien ne peut naître ni mûrir, accorde ce que je demande, mets dans ces herbes que tu crées les vertus bienfaisantes et magiques. Et toi, herbe puissante, sois donc propice, bénéfique, bienfaisante et permet moi d'utiliser tes bienfaits à bon escient. Merci Terre Mère, je te salue. Merci Plante, je te salue.
Dans chaudron, mettez les courgettes en rondelles, 2 Kub'or, sel, poivre, et les Vache qui rit   , ajoutez 1 litre d'eau en disant :
Je vous charge de nettoyer ma maison de toutes les énergies négatives, de toute présence malsaine et de toute jalousie. Je libère cet endroit de tout blocage. Je le veux, c'est ma volonté, qu'il en soit ainsi !
Portez à ébullition et laissez cuire 30 mn à petits bouillons en disant :
Vous, les Anges du Ciel qui connaissez tous les mystères, accompagnez-moi aujourd'hui. Dieu de Lumière,

protégez-moi aujourd'hui. Que mon Chaudron Sacré bouillonne de vie et d'Amour, que le Feu emplisse ma préparation de passion, que l'Eau insuffle l'Amour, que l'Air souffle la Paix, que la Terre densifie, mélange et lie Passion, Amour et Paix. Que l'Esprit soit avec moi. Qu'il en soit ainsi.

Mixez et saupoudrez de persil juste avant de servir.

Velouté aux lentilles corail

Ingrédients pour 4/6 personnes

- 200g de lentilles corail
- 1 boite de tomates pelées en conserve (400ml)
- 2 oignons
- 1 cuillère à café de cumin en poudre
- 1 cuillère à café de graines de coriandre
- 1 litre 25 de bouillon de volaille (maison ou reconstitué avec des cubes)

Epluchez les oignons et coupez-les en petits cubes. Versez l'huile d'olive dans une cocotte. Quand l'huile commence à chauffer, faites-y revenir les dés d'oignon pendant 5/6 minutes, le temps qu'ils deviennent translucides. Ajoutez ensuite les tomates pelées (et leur jus), les lentilles, le cumin et les graines de coriandre et terminez en versant le bouillon de volaille.

Portez à faible ébullition, couvrez à moitié et laissez mijoter doucement pendant 30 minutes.

Mixez.

Astuce : vous pouvez décorer votre soupe avec de la coriandre fraiche ou de la poudre de tomates.

Velouté Tac Tac

Pour toutes les coquines et les coquins ;)

<u>Utilisation magique</u> : Magie sexuelle, puissance et... courage
<u>Ingrédients :</u>
1 gros bocal d'asperges
3 cuillères à soupe de riz
2 pincées de basilic
2 pincées de céleri en poudre
2 pincées de cumin ou de rose rouge (du jardin)
2 pincées de coriandre
2 pincées d'estragon
2 pincées de gingembre
2 pincées de poivre blanc ou gris
1 petit pot de crème fraîche
Sel, poivre

Coupez vos asperges en tronçons d'environ 2cm, réservez les têtes dans un bol en disant :
O Terre sacrée, qui produit et reproduit tout sans qui rien ne peut naître ni mûrir, accorde ce que je demande, mets dans ces herbes que tu crées les vertus bienfaisantes et magiques. Et toi, herbe puissante, sois donc propice, bénéfique, bienfaisante et permet moi d'utiliser tes bienfaits à bon escient. Merci Terre Mère, je te salue. Merci Plante, je te salue.
Mettez dans le chaudron, les asperges coupées en morceaux, le riz, sel, poivre et 1 litre d'eau en disant :

Vous, les Anges du Ciel qui connaissez tous les mystères, accompagnez-moi aujourd'hui. Dieu de Lumière, protégez-moi aujourd'hui. Que mon Chaudron Sacré bouillonne de vie et d'Amour, que le Feu emplisse ma préparation de passion, que l'Eau insuffle l'Amour, que l'Air souffle la Paix, que la Terre densifie, mélange et lie Passion, Amour et Paix. Que l'Esprit soit avec moi. Qu'il en soit ainsi.

Ajoutez les herbes en disant :

Les yeux de mon partenaire sont comme le soleil, ils brûlent d'amour pour moi, son corps est chaud comme la Terre, sa peau est douce comme la rosée et lorsque le moment sera là, nous ne ferons plus qu'un. O Vénus, Déesse de l'amour, fais que nous puissions partager un amour torride, fusionnel, puissant, fou et irrésistible. Je le veux, c'est ma volonté, qu'il en soit ainsi !

Laissez mijoter 20 mn puis moulinez le consommé finement. Remettez les têtes d'asperges dans le chaudron et donnez un tour de bouillon, servez sur assiettes et ajoutez une cuillère de crème fraîche au centre.

Ce charme s'utilise uniquement si votre partenaire est libre de tout autre lien « légitime ».

Plats principaux
Aiguillettes de canard

<u>Utilisation magique</u> : Purification familiale
<u>Ingrédients :</u>
600g d'aiguillettes de canard
7 cuillères à soupe de miel
4 pincées de poudre de romarin
3 pincées de poudre de thym
2 pincées de poudre de sauge
5 pincées de gingembre
3 oranges non traitées
2 kakis bien mûrs
1 sachet de thé de Chine
3 cuillères à soupe d'huile d'arachide
1 grosse pincée de sel marin
Poivre

Pelez une orange avec un couteau économe et râpez le zeste.
Pressez les 5 autres oranges en disant :
O Terre sacrée, qui produit et reproduit tout sans qui rien ne peut naître ni mûrir, accorde ce que je demande, mets dans ces herbes que tu crées les vertus bienfaisantes et magiques. Et toi, herbe puissante, sois donc propice, bénéfique, bienfaisante et permet moi d'utiliser tes bienfaits à bon escient. Merci Terre Mère, je te salue. Merci Plante, je te salue.
Versez 4cl d'eau bouillante sur le thé et laissez infuser 3 mn.

Versez le jus d'orange dans le chaudron en disant :
Vous, les Anges du Ciel qui connaissez tous les mystères, accompagnez-moi aujourd'hui. Dieu de Lumière, protégez-moi aujourd'hui. Que mon Chaudron Sacré bouillonne de vie et d'Amour, que le Feu emplisse ma préparation de passion, que l'Eau insuffle l'Amour, que l'Air souffle la Paix, que la Terre densifie, mélange et lie Passion, Amour et Paix. Que l'Esprit soit avec moi. Qu'il en soit ainsi.

Ajoutez le zeste, les herbes, le miel, le sel, le poivre, le thé infusé et enfin la pulpe des deux kakis (uniquement la pulpe).

Portez à ébullition, réduisez le feu et laissez mijoter doucement de façon à obtenir une sauce sirupeuse en disant :
Par ces herbes et cette flamme, je te révèle, Esprit Divin, afin que tu sois en ce lieu et que tu l'illumines de ta présence. Puisses-tu libérer ce lieu de toute négativité. Je le veux, c'est ma volonté, qu'il en soit ainsi !

Pour la décoration, coupez l'orange que vous avez réservée, qui est sans la peau, en tranches d'1cm environ. Dans la poêle faites faire à ces tranches un aller retour sur feu vif de façon à les caraméliser sans les brûler. Disposez-les autour sur le plat de service afin de donner une touche colorée.

Lorsque la sauce est prête, dans votre poêle, faites revenir les aiguillettes de canard pendant 4 minutes en les tournant régulièrement.

Disposez-les sur le plat de service, où attendent déjà les tranches d'orange caramélisées et nappez-les de sauce, en disant :

Ces effluves purifient ce lieu, exorcisent ce lieu, toutes les forces nuisibles en sont chassées par la force et le bien. Je le veux, c'est ma volonté, qu'il en soit ainsi !

Accompagnez avec du riz nature.

Blanquette de veau

<u>Utilisation magique</u> : Relier à la Mère Divine
<u>Ingrédients :</u>
1kg environ de veau en morceaux (et 3 morceaux de tendron)
3 carottes des sables
1 oignon rose de Bretagne
Bouquet garni (persil, thym, laurier)
Gros sel, poivre
1 ou 2 sachets de riz basmati
30g de beurre
30g de farine
½ litre de bouillon de cuisson
Sel, poivre

Epluchez vos carottes et vos oignons en disant :
O Terre sacrée, qui produit et reproduit tout sans qui rien ne peut naître ni mûrir, accorde ce que je demande, mets dans ces herbes que tu crées les vertus bienfaisantes et magiques. Et toi, herbe puissante, sois donc propice, bénéfique, bienfaisante et permet moi d'utiliser tes bienfaits à bon escient. Merci Terre Mère, je te salue. Merci Plante, je te salue.
Mettez la viande dans votre chaudron avec carottes coupées en gros tronçons), oignon (coupé en 4 morceaux), bouquet garni, poivre noir, 1 petite poignée de sel consacré, et à ce moment dites :
Que ce sel fasse barrière et nous protège, qu'il absorbe toutes les ondes négatives. Je le veux !

Recouvrez largement d'eau froide. Portez à ébullition et lorsque cela commence à bouillir, dites :

Vous, les Anges du Ciel qui connaissez tous les mystères, accompagnez-moi aujourd'hui. Dieu de Lumière, protégez-moi aujourd'hui. Que mon Chaudron Sacré bouillonne de vie et d'Amour, que le Feu emplisse ma préparation de passion, que l'Eau insuffle l'Amour, que l'Air souffle la Paix, que la Terre densifie, mélange et lie Passion, Amour et Paix. Que l'Esprit soit avec moi. Qu'il en soit ainsi.

Laissez bouillir doucement pendant 55 mn (pendant le temps de préparation de la sauce ci-dessous, la viande continuera de cuire) en disant :

Nourriture de la Mère, je te relie à ceux qui vont manger afin qu'ils prennent ta force et ton invulnérabilité. C'est ma volonté !

Sauce :

20 mn avant la fin de la cuisson, faites fondre sur feu doux le beurre, ajoutez les 30g de farine, mélangez hors du feu et d'un seul coup le ½ litre de bouillon. Remuez jusqu'à ébullition avec votre cuillère en bois, laissez mijoter et remuez de temps en temps (facultatif : ajoutez 2 cuillères de crème fraîche).

Déposez votre ou vos sachets de riz dans le chaudron et laissez cuire 10 ou 20 mn de plus (temps de cuisson du riz). Egouttez la viande, sortez votre riz et mettez-le dans un plat. Versez le bouillon dans un saladier (pour vous en servir de base sur une soupe de légumes ensuite), remettez la viande dans le chaudron, recouvrez de sauce et saupoudrez d'un peu de persil haché et dites, en mettant vos deux mains au-dessus du chaudron, les paumes vers la préparation :

En ce jour, je relie à Mère Nature. Je bannis toutes les ondes négatives, je place toute ma confiance dans les Forces Divines et je nous unis définitivement au Divin pour nous libérer et nous protéger. Je le veux, c'est ma volonté, qu'il en soit ainsi !

Bœuf à la bière

<u>Utilisation magique</u> : Magie Sexuelle
<u>Ingrédients :</u>
 801g de bœuf découpé en cubes de 7 à 8 cm de côté
1 petit pot de moutarde
3 cuillères à soupe de vergeoise
3 carottes
1 branche de céleri (ou ¼ de céleri rave)
1 oignon rose de Bretagne
10 Pincées de thym
1 feuille de laurier
1 cuillère à soupe de Gin
50cl de bière rousse ou ambrée
34g de beurre
1 cuillère à soupe de maïzena
Sel, poivre

Epluchez l'oignon et les carottes et coupez le tout en fines lamelles en disant :
O Terre sacrée, qui produit et reproduit tout sans qui rien ne peut naître ni mûrir, accorde ce que je demande, mets dans ces herbes que tu crées les vertus bienfaisantes et magiques. Et toi, herbe puissante, sois donc propice, bénéfique, bienfaisante et permet moi d'utiliser tes bienfaits à bon escient. Merci Terre Mère, je te salue. Merci Plante, je te salue.
Tartinez généreusement les cubes de bœuf avec la moutarde, de tous les côtés. Mettez le beurre dans le chaudron et faites dorer la viande, que vous saupoudrez avec la vergeoise, en disant :

Vous, les Anges du Ciel qui connaissez tous les mystères, accompagnez-moi aujourd'hui. Dieu de Lumière, protégez-moi aujourd'hui. Que mon Chaudron Sacré bouillonne de vie et d'Amour, que le Feu emplisse ma préparation de passion, que l'Eau insuffle l'Amour, que l'Air souffle la Paix, que la Terre densifie, mélange et lie Passion, Amour et Paix. Que l'Esprit soit avec moi. Qu'il en soit ainsi.

Lorsque la viande est bien dorée, ôtez-la et faites blondir à la place le mélange oignon, carottes. Ajoutez la branche de céleri en morceaux (ou le céleri rave), le thym, le laurier et le Gin en disant :

Du corps à l'esprit, et de l'âme à la chair, par ce rituel, je sens la chaleur des caresses qui mènent à l'extase et au plaisir. Mon corps se charge du goût de la jouissance et du partage de l'amour. Les énergies fusionnent de l'un à l'autre corps. Les mains se lèvent et ne font plus qu'une, par la Magie Sacrée. Je le veux, c'est ma volonté, qu'il en soit ainsi !

Remettez la viande et versez la bière. Salez, poivrez, couvrez le chaudron et laisser mijoter 45 mn.

Ce plat picard se suffit à lui-même (viande et légumes) mais vous pouvez aussi l'accompagner de riz ou de frites.

Bœuf aux oignons

Recette pour 2 personnes
<u>Utilisation magique</u> : Lorsqu'une séparation est inéluctable, il s'agit là de la rendre moins douloureuse et plus rapide. Elle favorise le détachement mutuel et coupe les liens qui unissent tout en favorisant le bonheur des deux.
<u>Ingrédients :</u>
30g de Beurre (pour la nécessité de l'utilisation magique, autrement 3 cuillères à soupe d'huile)
555g de Bœuf
3 gousses d'ail
1 cuillère à café de maïzena
10cl d'eau et un Kub'or
1 cuillère à soupe de miel
4 cuillères à soupe de sauce soja
2 pincées de Coriandre (ou 6 si vous aimez beaucoup)
2 beaux Oignons de Bretagne (rosés)
1 pincée de Gingembre
Accompagnement : riz nature

Coupez la viande en fines lamelles. Epluchez les oignons et coupez-les en fines lamelles en disant :
O Terre sacrée, qui produit et reproduit tout sans qui rien ne peut naître ni mûrir, accorde ce que je demande, mets dans ces herbes que tu crées les vertus bienfaisantes et magiques. Et toi, herbe puissante, sois donc propice, bénéfique, bienfaisante et permet moi d'utiliser tes bienfaits à bon escient. Merci Terre Mère, je te salue. Merci Plante, je te salue.

Epluchez l'ail et écrasez-le.

Faites chauffer le beurre (ou l'huile) dans le chaudron. Faites revenir les oignons et l'ail pendant 2 minutes sans cesser de remuer. Ajoutez les lamelles de bœuf en disant :

Vous, les Anges du Ciel qui connaissez tous les mystères, accompagnez-moi aujourd'hui. Dieu de Lumière, protégez-moi aujourd'hui. Que mon Chaudron Sacré bouillonne de vie et d'Amour, que le Feu emplisse ma préparation de passion, que l'Eau insuffle l'Amour, que l'Air souffle la Paix, que la Terre densifie, mélange et lie Passion, Amour et Paix. Que l'Esprit soit avec moi. Qu'il en soit ainsi.

Laissez cuire 2 mn en remuant puis arrosez d'eau, ajoutez le Kub'or, le Gingembre et portez à ébullition. Ajoutez la maïzena (il en existe qui se mélange bien à la sauce sans passer par un mélange préalable dans de l'eau froide).

Ajoutez la sauce soja en disant :

(Nommer la personne) je te libère définitivement de toute la charge émotionnelle qui nous a réunis. Je facilite par cette opération notre détachement mutuel et notre séparation afin que tu puisses vivre de nouveaux bonheurs et trouver stabilité et liberté, tout comme je souhaite les trouver pour moi. Soudés nous avons été, respectueux de la vie de l'autre nous serons. Qu'un souffle léger t'éloigne de moi et que le soleil t'apporte le bonheur. C'est avec confiance que je nous libère de cette situation. J'en appelle aux forces divines afin qu'elles créent les événements nécessaires à, notre bonheur

respectif. Je le veux, c'est ma volonté, qu'il en soit ainsi !

Laissez épaissir la sauce. Versez dans le plat de service et ajoutez la coriandre ciselée.

Note

Se sert en bol ou sur assiette.

Boudin blanc aux pommes et endives braisées

Recette pour 2 personnes
<u>Utilisation magique</u> : magie sexuelle masculine
<u>Ingrédients :</u>
2 boudins blancs
2 pommes vertes (plus acidulées)
2 cuillères à soupe de sucre cassonade
30 g de beurre
Sel, poivre

Enlevez la peau du boudin (il suffit de l'inciser sur toute la longueur et de tirer d'un bout) et épluchez les pommes en disant :

O Terre sacrée, qui produit et reproduit tout sans qui rien ne peut naître ni mûrir, accorde ce que je demande, mets dans ces herbes que tu crées les vertus bienfaisantes et magiques. Et toi, herbe puissante, sois donc propice, bénéfique, bienfaisante et permet moi d'utiliser tes bienfaits à bon escient. Merci Terre Mère, je te salue. Merci Plante, je te salue.

Mettez du beurre à chauffer et les pommes à revenir dans la poêle, saupoudrez avec le sucre cassonade et ajoutez le boudin, sel et poivre. Dites :

Du corps à l'esprit et de l'âme à la chair, par cette préparation, je sens la chaleur des caresses qui mènent à l'extase et au plaisir. Mon corps se charge du goût de la jouissance et du partage de l'amour. Les énergies fusionnent de l'un à l'autre corps. Les mains se lèvent et ne font plus qu'un, par la magie sacrée. Je le veux, c'est ma volonté, qu'il en soit ainsi !

Laissez cuire et dorer sur feu moyen en faisant faire des allers-retours (il faut compter environ 15 mn).

Note :

Le boudin blanc c'est de la viande de porc mélangée à de la mie de pain.

Endives braisées

<u>Ingrédients :</u>

4 endives moyennes (ou deux grosses)

50g de beurre

1 oignon rose de Bretagne (ou à défaut un oignon jaune)

Enlevez les feuilles flétries extérieures. Avec un couteau pointu, creusez l'intérieur du pied qui est amer. Lavez-les et essuyez-les aussitôt. Mettez votre beurre dans le chaudron et jetez les endives essuyées. A ce moment, dites :

Vous, les Anges du Ciel qui connaissez tous les mystères, accompagnez-moi aujourd'hui. Dieu de Lumière, protégez-moi aujourd'hui. Que mon Chaudron Sacré bouillonne de vie et d'Amour, que le Feu emplisse ma préparation de passion, que l'Eau insuffle l'Amour, que l'Air souffle la Paix, que la Terre densifie, mélange et lie Passion, Amour et Paix. Que l'Esprit soit avec moi. Qu'il en soit ainsi.

Lorsqu'elles sont légèrement dorées de toutes parts, ajoutez l'oignon coupé en rondelles, sel et poivre.

Couvrez et laissez mijoter pendant une heure sur feu doux. Retournez les endives au cours de la cuisson.
Servez sur assiettes en mettant les endives et un boudin blanc par personne.

Note :
Pour cette préparation, laissez les endives entières.

Cake à la farine de Sarrazin, saucisse bretonne, fond d'artichauts et confit d'oignons

Utilisation magique : Protection et attirer l'abondance.
Ingrédients :
175 gr de Farine de Sarrasin
250 gr de Beurre Ramolli
4 Œufs
1 Sachet de 11 gr de Levure Chimique
50g de raisins secs
 Saucisses bretonne fumées
12 fonds d'artichauts
Pour la confiture d'oignon :
250g d'oignons (privilégiez les oignons rosés de Bretagne, les oignons jaunes sont moins goûteux)
55g de sucre en poudre roux
10cl d'eau
1 cuillère à café de vinaigre balsamique
½ jus de citron
½ cuillère à café de coriandre moulue
¼ cuillère à café de cannelle
¼ cuillère à café de sel fin

Commencez par préparer la confiture d'oignon (vous pouvez même la cuisiner quelques jours à l'avance et la réserver).
Epluchez les oignons en disant :
O Terre sacrée, qui produit et reproduit tout sans qui rien ne peut naître ni mûrir, accorde ce que je demande,

mets dans ces herbes que tu crées les vertus bienfaisantes et magiques. Et toi, herbe puissante, sois donc propice, bénéfique, bienfaisante et permet moi d'utiliser tes bienfaits à bon escient. Merci Terre Mère, je te salue. Merci Plante, je te salue.

Emincez-les (j'utilise le robot car il est essentiel que les oignons soient tranchés très fins). Mettez le sucre et l'eau dans votre chaudron et portez à feu moyen. Dès que le sucre prend couleur, ajoutez les oignons, le jus de citron, le vinaigre, cannelle, coriandre et sel en disant et donnez ensuite un mouvement circulaire pour enrober les oignons.

Vous, les Anges du Ciel qui connaissez tous les mystères, accompagnez-moi aujourd'hui. Dieu de Lumière, protégez-moi aujourd'hui. Que mon Chaudron Sacré bouillonne de vie et d'Amour, que le Feu emplisse ma préparation de passion, que l'Eau insuffle l'Amour, que l'Air souffle la Paix, que la Terre densifie, mélange et lie Passion, Amour et Paix. Que l'Esprit soit avec moi. Qu'il en soit ainsi.

Laissez cuire sur feu doux. Le sucre qui s'était caramélisé va se dissoudre. Faites mijoter pendant 45 mn sur feu doux sans couvrir en remuant de temps à autre (car la confiture d'oignon attache au fond) sachant que le temps de cuisson se comptabilise dès l'instant où le mélange commence à bouillonner.

En mélangeant, dites (une seule fois) :

Par la puissance de ces aliments, j'invoque les forces divines à m'assurer protection. Qu'il en soit ainsi, ici et maintenant.

Préparation du cake :

Préchauffez votre four à 180°C.

Dans un cul-de-poule, fouettez les œufs en omelette, incorporez le beurre ramolli et mélangez au fouet. Vous devez obtenir de petites particules de beurre dans la pâte. Ajoutez alors la farine de sarrasin en la tamisant. Mélangez toujours au fouet et incorporez la levure, ajoutez les raisins secs en disant :

Par les Sceaux sacrés, je me relie aux Puissances de l'Univers et aux Forces Divines afin que cette préparation ait le pouvoir d'aimanter la réussite. La Corne d'Abondance déverse sur ceux qui mangeront ses mille cadeaux, ses milles bienfaits, sous toutes leurs formes. Je le veux, c'est ma volonté, qu'il en soit ainsi !

Beurrez un moule à cake, puis recouvrez les parois de papier sulfurisé. Beurrez également le papier.

Lissez la pâte avec une spatule puis enfournez pour 45 minutes à 180°C en disant :

Vous, les Anges du Ciel qui connaissez tous les mystères, accompagnez-moi aujourd'hui. Dieu de Lumière, protégez-moi aujourd'hui. Que mon Chaudron Sacré bouillonne de vie et d'Amour, que le Feu emplisse ma préparation de passion, que l'Eau insuffle l'Amour, que l'Air souffle la Paix, que la Terre densifie, mélange et lie Passion, Amour et Paix. Que l'Esprit soit avec moi. Qu'il en soit ainsi.

Faites cuire 4 saucisses fumées dans une poêle à feu doux pendant une vingtaine de minutes.

Faites cuire vos fonds d'artichauts en disant :

Ces effluves purifient ce lieu, exorcisent ce lieu, toutes les forces nuisibles en sont chassées par la force et le bien. Je le veux, c'est ma volonté, qu'il en soit ainsi ! Réservez-les au chaud.

Dressez vos assiettes en coupant deux tranches de cake au Sarrazin, la saucisse au centre et 3 fonds d'artichauts recouverts d'une cuillère à soupe de confiture d'oignon.

Carpaccio de Saint Jacques à la vanille

Usage magique : Favorise la fécondité.

Ingrédients :
4 noix de Saint Jacques fraîches
1/2 gousse de vanille (ou une cuillère à café de vanille en poudre)
Le jus d'1/2 citron jaune
3 cuillères à soupe d'huile d'olive
Mélange 5 baies

Escalopez finement vos coquilles Saint Jacques (coupez-les dans le sens de l'épaisseur en 3 ou 4 selon leur taille).
Préparez votre marinade avec le jus de citron, l'huile, la vanille en disant :
Du corps à l'esprit, et de l'âme à la chair, par ce rituel, mon corps se charge du goût de la jouissance et du partage de l'amour. Les énergies fusionnent de l'un à l'autre corps. Les mains se lèvent et ne font plus qu'une, par la Magie Sacrée. Je le veux, c'est ma volonté, qu'il en soit ainsi !
Réservez dans un endroit frais minimum 30 minutes.

Cassolette de la marée

<u>Utilisation magique</u> : Découverte de l'inconscient.
<u>Ingrédients :</u>
800g de cabillaud en filets
120g de crevettes roses
500g de pommes de terre
1 grosse boîte de tomates au naturel
2 oignons roses de Bretagne
1 gousse d'ail
2 cuillères à soupe d'huile
10cl de vin blanc sec
5 pincées de persil
1 feuille de laurier
5 pincées de paprika
Sel

Epluchez et hachez les oignons et l'ail, à part, en disant :
O Terre sacrée, qui produit et reproduit tout sans qui rien ne peut naître ni mûrir, accorde ce que je demande, mets dans ces herbes que tu crées les vertus bienfaisantes et magiques. Et toi, herbe puissante, sois donc propice, bénéfique, bienfaisante et permet moi d'utiliser tes bienfaits à bon escient. Merci Terre Mère, je te salue. Merci Plante, je te salue.
Faites revenir l'oignon haché dans le chaudron avec l'huile. Lavez, épluchez les pommes de terre et coupez-les en rondelles. Faites sauter pendant 3 minutes, ajoutez l'ail émincé, le vin, les tomates, le persil, le laurier, 3 pincées de Paprika, sel en disant :

Vous, les Anges du Ciel qui connaissez tous les mystères, accompagnez-moi aujourd'hui. Dieu de Lumière, protégez-moi aujourd'hui. Que mon Chaudron Sacré bouillonne de vie et d'Amour, que le Feu emplisse ma préparation de passion, que l'Eau insuffle l'Amour, que l'Air souffle la Paix, que la Terre densifie, mélange et lie Passion, Amour et Paix. Que l'Esprit soit avec moi. Qu'il en soit ainsi.

Faites mijoter dans le chaudron pendant 20 mn, à couvert, puis incorporez le poisson coupé en morceaux (carré de 2cm de côté) en disant :

Fais que mon rêve se réalise, ouvre la porte des songes. Je le veux, qu'il en soit ainsi.

Mélangez et faites cuire de nouveau pendant 10 mn, toujours à couvert.

Ajoutez les crevettes et faites réchauffer 3 minutes supplémentaires.

Au moment de servir, saupoudrez de paprika et décorez chaque assiette de deux crevettes non décortiquées.

Cassoulet

Recette pour 6 personnes
Utilisation magique : Apaise les querelles (et comme c'est un plat qui se consomme en groupe, cela peut être bien utile)
Ingrédients :
777g de cocos paimpolais – poids des haricots écossés
1 saucisse à cuire de Morteau
6 cuisses de confit de canard (en boîte)
1 boîte de 70g de concentré de tomates
8 morceaux de collier de mouton
3 gousses d'ail
2 feuilles de laurier
3 branches de thym
Chapelure (1 paquet ou une dizaine de biscottes écrasées)
Un ENORME plat à four (haut)
Sel, poivre

Si vous utilisez des haricots blancs du rayon légumes secs, ébouillantez-les pendant ¼ d'heure. Utilisez plutôt des frais (quitte à les congeler écossés pour les retrouver le moment venu). Si vous utilisez des haricots frais, écossez-les en disant :
O Terre sacrée, qui produit et reproduit tout sans qui rien ne peut naître ni mûrir, accorde ce que je demande, mets dans ces herbes que tu crées les vertus bienfaisantes et magiques. Et toi, herbe puissante, sois donc propice, bénéfique, bienfaisante et permet moi

d'utiliser tes bienfaits à bon escient. Merci Terre Mère, je te salue. Merci Plante, je te salue.

Faire préchauffer votre four sur 110° et mettez les cuisses de canard sorties des boîtes de façon à ce qu'elles rendent la graisse. Réservez 3 cuillères à soupe de la graisse de canard. Pendant ce temps... Délayez le concentré de tomates dans ½ bol d'eau froide. Epluchez l'ail et lavez le thym, le laurier. Dans le plat à four mettez la moitié des haricots blancs, 1 feuille de laurier, 1 gousse d'ail, saupoudrez de sel et de poivre. Ajoutez le collier de mouton et la saucisse de Morteau en disant :

Par la Puissance des Quatre Eléments et les forces de la nature que contiennent ces ingrédients, que le feu de la dispute s'apaise, que les mauvais mots prononcés s'évaporent, que notre relation retrouve la tranquillité et que l'harmonie soit. Que le feu de la colère s'apaise et les miasmes de la dispute disparaissent. Que chacun retrouve raison par l'intermédiaire des Quatre Eléments et des Forces Divines. Je le veux, c'est ma volonté, qu'il en soit ainsi !

Ajoutez la fin des haricots, les 2 gousses d'ail restantes, la 2° feuille de laurier, le concentré de tomates et les 3 cuillères de graisse de canard. Ajoutez de l'eau jusqu'à hauteur des haricots et saupoudrez de chapelure. Enfournez en disant :

Vous, les Anges du Ciel qui connaissez tous les mystères, accompagnez-moi aujourd'hui. Dieu de Lumière, protégez-moi aujourd'hui. Que mon Chaudron Sacré bouillonne de vie et d'Amour, que le Feu emplisse ma préparation de passion, que l'Eau insuffle l'Amour, que l'Air souffle la Paix, que la Terre densifie, mélange et lie

Passion, Amour et Paix. Que l'Esprit soit avec moi. Qu'il en soit ainsi.

Laissez cuire 2 heures. Puis, ajoutez les cuisses de canard confites sans trop casser la croûte (chapelure). Laissez cuire encore une heure. Vous pouvez aussi préparer toute la première partie la veille de votre réception et arrêter la cuisson en ouvrant la porte de votre four (obligatoire). Vous reprenez la cuisson le lendemain en chauffant votre four sur 110° et en ajoutant à ce moment les cuisses de canard confites. Laissez cuire alors 1h10 car vous reprenez la cuisson sur un four froid.

Coquilles Saint-Jacques au caviar d'algues

Les algues s'achètent en paillettes.

<u>Utilisation magique</u> : Se protéger au travail
<u>Ingrédients :</u>
20 noix de Coquilles Saint-Jacques (dans l'idéal 5 noix par personnes, vous pouvez descendre à 3 noix pour que ce soit moins onéreux)
2 cuillères à soupe rase de laitue de mer ou de porphyre ou de dulse (algues)
6 cuillères à soupe d'eau
2 cuillères à soupe d'huile d'olive
2 cuillères à soupe de jus de citron
5 pincées de Basilic
5 pincées de Ciboulette (ou 5 brins si vous en avez dans le jardin)
Poivre
Accompagnement :
Epinards catalans
Gratin dauphinois

Dans un bol, mélangez :
6 cuillères à soupe d'eau, 2 cuillères à soupe d'huile d'olive et 2 cuillères à soupe de jus de citron en disant :
Comme Saint Joseph s'est tiré du mauvais brigand, libérez-moi de la jalousie, des médisances et tromperies de mes supérieurs, collègues et clients. Eloignez l'hypocrisie, sauve ton serviteur (ta servante) *et nommez vous. Révélez ce qui est dans le cœur et dans la pensée. Défaites maléfice, mauvais œil d'homme ou de femme,*

défaites les complots qui sont autour de moi, défaites les pièges que l'on me tend. Déliez le mal et déliez-moi de tout danger. Je le veux, c'est ma volonté, qu'il en soit ainsi !

Ensuite, dans le même bol, ajoutez 5 pincées de basilic, 5 pincées de ciboulette (ou 5 brins si vous en avez dans le jardin), et enfin les 2 cuillères à soupe d'algue, poivre en disant :

O Terre sacrée, qui produit et reproduit tout sans qui rien ne peut naître ni mûrir, accorde ce que je demande, mets dans ces herbes que tu crées les vertus bienfaisantes et magiques. Et toi, herbe puissante, sois donc propice, bénéfique, bienfaisante et permet moi d'utiliser tes bienfaits à bon escient. Merci Terre Mère, je te salue. Merci Plante, je te salue.

Laissez reposer (peut se préparer largement à l'avance).

Juste avant de manger, mettez une noix de beurre dans votre poêle et dites :

Vous, les Anges du Ciel qui connaissez tous les mystères, accompagnez-moi aujourd'hui. Dieu de Lumière, protégez-moi aujourd'hui. Que mon Chaudron Sacré bouillonne de vie et d'Amour, que le Feu emplisse ma préparation de passion, que l'Eau insuffle l'Amour, que l'Air souffle la Paix, que la Terre densifie, mélange et lie Passion, Amour et Paix. Que l'Esprit soit avec moi. Qu'il en soit ainsi.

Préparez la cuillère à soupe de maïzena dans un bol avec 10cl de vin blanc sec. Réservez. Faites poêler les noix de coquilles rapidement, environ 3 mn de chaque côté (tenez compte de leur épaisseur). Ne dépassez pas le point de cuisson car des coquilles trop cuites ont une texture élastique.

Lorsque c'est cuit, réservez au chaud et versez le mélange maïzena vin blanc dans la poêle. Laissez chauffer 3 mn. Mettez les coquilles sur assiettes et versez une cuillère à café de caviar d'algues à côté de chaque noix. Arrosez de sauce.

Cotes d'agneau ou de porc à l'ail et au romarin

Le BBQ c'est une affaire d'homme et j'adore quand mon homme se met aux fourneaux.

<u>Utilisation magique</u> : Accession à la Connaissance, réussite des études.

<u>Ingrédients :</u>
8 cuillères à soupe de romarin frais
8 côtes d'agneau (variante 4 côtes de porc échine)
4 gousses d'ail
1 citron non traité
3 cuillères à soupe d'huile d'olive
25cl d'eau, 1 Kub'or et 1 cuillère à soupe de maïzena
30g de beurre salé
Sel, poivre

Faites chauffer 20cl d'eau et dissoudre le Kub'Or. Hachez le romarin. Epluchez et pilez l'ail, relevez le zeste du citron avec un couteau économe et hachez-le en disant :
O Terre sacrée, qui produit et reproduit tout sans qui rien ne peut naître ni mûrir, accorde ce que je demande, mets dans ces herbes que tu crées les vertus bienfaisantes et magiques. Et toi, herbe puissante, sois donc propice, bénéfique, bienfaisante et permet moi d'utiliser tes bienfaits à bon escient. Merci Terre Mère, je te salue. Merci Plante, je te salue.
Pressez le citron. Mettez la viande dans un saladier avec les 3/4 de la préparation ci-dessus et l'huile. Enrobez de ce mélange et réservez pendant 2 heures.

Grillez les côtes au barbecue ou à la poêle en disant :
Vous, les Anges du Ciel qui connaissez tous les mystères, accompagnez-moi aujourd'hui. Dieu de Lumière, protégez-moi aujourd'hui. Que mon Chaudron Sacré bouillonne de vie et d'Amour, que le Feu emplisse ma préparation de passion, que l'Eau insuffle l'Amour, que l'Air souffle la Paix, que la Terre densifie, mélange et lie Passion, Amour et Paix. Que l'Esprit soit avec moi. Qu'il en soit ainsi.

Pendant ce temps, mélangez le reste du zeste de citron, du romarin, le jus du citron, sel et poivre et faites fondre avec le beurre salé et le bouillon (Kub'Or) en disant :
Herbes sacrées, je vous demande d'agir afin que … (nommer) *ait accès à toutes les connaissances et compréhensions dans ses études et qu'il (elle) soit aidé(e) et favorisé(e) pour sa réussite par votre soutien, votre aide, votre bienveillance. Je le veux, c'est ma volonté, qu'il en soit ainsi !*

Mélangez votre maïzena avec un peu d'eau et verser dans la casserole pour épaissir la sauce. Servez les côtes nappées de sauce.

Daurade en croûte de sel

: Purification et protection
Ingrédients :
1 daurade de 1,2 kg
1 kg de gros sel marin (consacré)
7 feuilles d'oseille,
7 brindilles de thym,
1 feuille de laurier
Riz

Faire vider la daurade. Emincez les herbes en disant :
O Terre sacrée, qui produit et reproduit tout sans qui rien ne peut naître ni mûrir, accorde ce que je demande, mets dans ces herbes que tu crées les vertus bienfaisantes et magiques. Et toi, herbe puissante, sois donc propice, bénéfique, bienfaisante et permet moi d'utiliser tes bienfaits à bon escient. Merci Terre Mère, je te salue. Merci Plante, je te salue.
Humidifiez votre sel avec de l'eau (environ 20cl). Dans un plat ovale allant au four, mettez la moitié du sel, la daurade, le reste du sel, dites :
Vous, les Anges du Ciel qui connaissez tous les mystères, accompagnez-moi aujourd'hui. Dieu de Lumière, protégez-moi aujourd'hui. Que mon Chaudron Sacré bouillonne de vie et d'Amour, que le Feu emplisse ma préparation de passion, que l'Eau insuffle l'Amour, que l'Air souffle la Paix, que la Terre densifie, mélange et lie Passion, Amour et Paix. Que l'Esprit soit avec moi. Qu'il en soit ainsi.
Mettre le plat au four à 250°C pendant 30 mn en disant :

Par ces herbes et ce Feu, je te révèle, Esprit Divin, afin que tu illumines ce lieu de ta présence. Puisses-tu le libérer.

Au bout de 15/20 mn dites :

Ces effluves purifient ce lieu, exorcisent ce lieu, toutes les forces nuisibles en sont chassées par la force et le bien. Je le veux, c'est ma volonté, qu'il en soit ainsi !

Retirer et briser la croûte de sel avec soin. Servez avec du riz en accompagnement et de la sauce au beurre citron.

Emincé de veau à la sauge

<u>Utilisation magique</u> : Chasser les idées noires
<u>Ingrédients :</u>
600g d'escalopes de veau
3 branches de sauge
2 cuillères à soupe d'huile
2 cuillères à soupe de vin blanc sec
500g de champignons de Paris
Sel, poivre

Coupez le pied sableux des champignons, lavez-les et émincez-les en disant :
O Terre sacrée, qui produit et reproduit tout sans qui rien ne peut naître ni mûrir, accorde ce que je demande, mets dans ces herbes que tu crées les vertus bienfaisantes et magiques. Et toi, herbe puissante, sois donc propice, bénéfique, bienfaisante et permet moi d'utiliser tes bienfaits à bon escient. Merci Terre Mère, je te salue. Merci Plante, je te salue.
Faites-les revenir dans de l'huile sur feu vif, sel et poivre. Réservez. Coupez le veau en lamelles et mettez-le dans un saladier. Emincez la sauge et mélangez avec l'huile en disant :
O herbes libératrices, je vous conjure, par le Soleil et par la Lune, par le Ciel et par la Terre, par votre vertu de libérer toutes tensions et toutes idées noires.   Qu'il en soit ainsi !
Mélangez plusieurs fois pour que la viande s'imprègne du mélange. Faites-là sauter dans le chaudron, d'abord sur feu vif puis doux pendant 5mn en disant :

Vous, les Anges du Ciel qui connaissez tous les mystères, accompagnez-moi aujourd'hui. Dieu de Lumière, protégez-moi aujourd'hui. Que mon Chaudron Sacré bouillonne de vie et d'Amour, que le Feu emplisse ma préparation de passion, que l'Eau insuffle l'Amour, que l'Air souffle la Paix, que la Terre densifie, mélange et lie Passion, Amour et Paix. Que l'Esprit soit avec moi. Qu'il en soit ainsi.

Versez le vin blanc et portez à ébullition, sel poivre. Servez immédiatement avec les champignons sautés en garniture.

Feuilleté de filet mignon ail et fines herbes

<u>Utilisation magique</u> : Recette de protection des affaires, du commerce, des finances.

<u>Ingrédients :</u>
1 filet mignon de porc
1 rouleau de pâte feuilletée
1 fromage frais (Kiri, St Moret...)
10 brins de ciboulette du jardin
3 gousses d'ail
2/3 cuillères de crème fraîche
Sel, poivre

Préchauffez votre four à 160°. Coupez le filet mignon en tranches assez épaisses et faites dorer dans l'huile, dites :

Vous, les Anges du Ciel qui connaissez tous les mystères, accompagnez-moi aujourd'hui. Dieu de Lumière, protégez-moi aujourd'hui. Que mon Chaudron Sacré bouillonne de vie et d'Amour, que le Feu emplisse ma préparation de passion, que l'Eau insuffle l'Amour, que l'Air souffle la Paix, que la Terre densifie, mélange et lie Passion, Amour et Paix. Que l'Esprit soit avec moi. Qu'il en soit ainsi.

Salez, poivrez et laissez refroidir. Mélangez dans un saladier le fromage frais, la ciboulette coupée en morceaux et l'ail écrasé en disant :

O Terre sacrée, qui produit et reproduit tout sans qui rien ne peut naître ni mûrir, accorde ce que je demande, mets dans ces herbes que tu crées les vertus bienfaisantes et magiques. Et toi, herbe puissante, sois donc propice, bénéfique, bienfaisante et permet moi d'utiliser tes bienfaits à bon escient. Merci Terre Mère, je te salue. Merci Plante, je te salue.

Déroulez la pâte feuilletée et coupez-la en carrés de 15cm de côté, posez une tranche de filet mignon, et tartinez du mélange ail, ciboulette, fromage frais. Refermez en forme de pyramide en disant :

Ici et maintenant, mes intentions sont fixées, ma vie professionnelle et tous mes besoins sont comblés. Tout cela sans causer de tort à personne et en souhaitant la prospérité à tous ceux qui m'entourent ainsi qu'une belle collaboration avec tous. Les forces de l'univers ouvrent pour moi de nouveaux chemins sur lesquels je rencontre bonheur, réussite et reconnaissance. Je le veux, c'est ma volonté, qu'il en soit ainsi !

Pour bien fermer vos pyramides, vous pouvez utiliser soit un jaune d'œuf appliqué au pinceau sur les angles ou juste mouiller d'un peu d'eau. Renouvelez l'opération avec toutes les tranches. Enfournez et faites cuire jusqu'à ce que la pâte soit dorée. Mélanger le reste du fromage frais agrémenté de ciboulette et d'ail avec la crème fraîche en sauce d'accompagnement.

Filet mignon de porc au citron et combava

Utilisation magique : Attire la chance

Ingrédients :

1 filet mignon de porc

1 citron

Combava (pour la quantité vous référez au poivre qu'on ajoute aux recettes)

1 cuillère à soupe de miel

6 cuillères à soupe d'huile d'olive

½ verre de muscat ou vin blanc doux

½ verre d'eau

1 c. à café de maïzena

Sel, poivre noir

Pressez le citron, mélangez-le avec 3 cuillères à soupe d'huile d'olive, le combava, le miel, sel et poivre.

Mettez votre filet mignon dans la marinade et tournez-le régulièrement (toutes les heures). Laissez au frais pendant 12 heures en disant :

O Terre sacrée, qui produit et reproduit tout sans qui rien ne peut naître ni mûrir, accorde ce que je demande, mets dans ces herbes que tu crées les vertus bienfaisantes et magiques. Et toi, herbe puissante, sois donc propice, bénéfique, bienfaisante et permet moi d'utiliser tes bienfaits à bon escient. Merci Terre Mère, je te salue. Merci Plante, je te salue.

Mettez 3 cuillères à soupe d'huile d'olive dans votre cocotte, posez le filet mignon mariné égoutté et saisissez pendant quelques minutes sur feu moyen en disant :

Vous, les Anges du Ciel qui connaissez tous les mystères, accompagnez-moi aujourd'hui. Dieu de Lumière, protégez-moi aujourd'hui. Que mon Chaudron Sacré bouillonne de vie et d'Amour, que le Feu emplisse ma préparation de passion, que l'Eau insuffle l'Amour, que l'Air souffle la Paix, que la Terre densifie, mélange et lie Passion, Amour et Paix. Que l'Esprit soit avec moi. Qu'il en soit ainsi.

Ajoutez la marinade, le muscat (ou vin blanc doux) et laissez mijoter 40mn sur feu doux en disant :

Dame Chance, sois rapide, Dame Chance, sois généreuse avec moi, la chance entre dans ma vie. Dame Chance est sur mon chemin, quoi que je fasse. Je le veux, c'est ma volonté, qu'il en soit ainsi !

Lorsque la cuisson est terminée, ôtez le filet mignon de la cocotte en laissant chauffer le jus. Mettez la maïzena dans un bol, ajoutez ½ verre d'eau froide et mélanger. Ajoutez ensuite à la sauce qui mijote dans la cocotte. Votre sauce prend consistance très vite, inutile de la faire cuire. Servez avec une purée de pommes de terre ou du riz.

Le combava est un agrume fort en goût. Vos convives doivent aimer l'acidité qui est cependant atténuée par le miel. C'est la raison pour laquelle il convient d'en mettre peu au départ pour, au besoin, en ajouter ensuite.

Flan aux crevettes Hercule

<u>Utilisation magique</u> : Augmenter la conscience
<u>Ingrédients :</u>
4 œufs
1 cuillère à soupe de moutarde
½ litre de lait
220g de crevettes roses
8 pincées de pétales de roses blanches séchées
Sel, poivre

Préchauffez votre four sur 180°. Décortiquez vos crevettes en disant :
O Terre sacrée, qui produit et reproduit tout sans qui rien ne peut naître ni mûrir, accorde ce que je demande, mets dans ces herbes que tu crées les vertus bienfaisantes et magiques. Et toi, herbe puissante, sois donc propice, bénéfique, bienfaisante et permet moi d'utiliser tes bienfaits à bon escient. Merci Terre Mère, je te salue. Merci Plante, je te salue.
Dans un saladier, battez les œufs, le sel, le poivre, ajoutez les pétales de roses blanches et la moutarde en disant :
Vous, les Anges du Ciel qui connaissez tous les mystères, accompagnez-moi aujourd'hui. Dieu de Lumière, protégez-moi aujourd'hui. Que mon Chaudron Sacré bouillonne de vie et d'Amour, que le Feu emplisse ma préparation de passion, que l'Eau insuffle l'Amour, que l'Air souffle la Paix, que la Terre densifie, mélange et lie Passion, Amour et Paix. Que l'Esprit soit avec moi. Qu'il en soit ainsi.

Mélangez crevettes et pâte à flan et versez dans un plat à four, préalablement beurré en disant :

Au nom des Puissances Supérieures, que la Force et la Puissance Divine descendent dans cette préparation afin qu'elle puisse augmenter ma conscience. Je le veux, c'est ma volonté, qu'il en soit ainsi !

Enfournez et laissez cuire 30 mn.

Navarin d'agneau aux légumes de printemps

Un navarin d'agneau c'est un ragoût d'agneau garni de navets et de légumes printaniers. Il se cuisine surtout après le Carême, à partir de Pâques.

Utilisation magique : Protéger sa famille
Ingrédients :
800g de collier de mouton
1 botte d'oignons nouveaux
½ botte de navets nouveaux
1 botte de carottes nouvelles
2 courgettes (ou 10 petites pommes de terre nouvelles)
20cl de vin blanc
1 cuillère à soupe de farine
Persil
Bouquet garni (mélange égal de romarin, thym et une feuille de laurier)
2 cuillères à soupe d'huile
Sel, poivre

Epluchez les légumes (les oignons vous ne faites qu'enlever la barbe – les racines), ou plus simplement brossez-les soigneusement et lavez-les.
Coupez les légumes et tranchez les oignons en fines rondelles (en utilisant le vert sur la moitié de la tige) en disant :
O Terre sacrée, qui produit et reproduit tout sans qui rien ne peut naître ni mûrir, accorde ce que je demande,

mets dans ces herbes que tu crées les vertus bienfaisantes et magiques. Et toi, herbe puissante, sois donc propice, bénéfique, bienfaisante et permet moi d'utiliser tes bienfaits à bon escient. Merci Terre Mère, je te salue. Merci Plante, je te salue.

Faites chauffer l'huile dans le chaudron et faites-y revenir l'agneau pendant 5 mn. Ajoutez les oignons et laissez prendre un peu couleur puis saupoudrez de farine.

Versez le vin blanc dans le chaudron et ajoutez les légumes (sauf les courgettes ou pommes de terre) et le bouquet garni, sel et poivre. Mélangez en disant :

Vous, les Anges du Ciel qui connaissez tous les mystères, accompagnez-moi aujourd'hui. Dieu de Lumière, protégez-moi aujourd'hui. Que mon Chaudron Sacré bouillonne de vie et d'Amour, que le Feu emplisse ma préparation de passion, que l'Eau insuffle l'Amour, que l'Air souffle la Paix, que la Terre densifie, mélange et lie Passion, Amour et Paix. Que l'Esprit soit avec moi. Qu'il en soit ainsi.

Couvrez et laissez mijoter pendant 45 mn, 15 mn avant la fin de la cuisson, ajoutez les courgettes coupées en morceaux, ou les pommes de terre épluchées et coupées en disant :

Je bannis toutes les ondes négatives, je place toute ma confiance dans les Forces Divines et je nous unis définitivement au Divin pour nous libérer et nous protéger. Je le veux, c'est ma volonté, qu'il en soit ainsi !

Laissez poursuivre la cuisson pendant 15 mn et vérifiez ensuite la fermeté si vous avez choisi la variante pommes de terre (le couteau doit entrer facilement lorsque la pomme de terre est cuite). Parsemez de persil haché.

Enlevez le bouquet garni et servez très chaud.

Note
Le défaut du Navarin d'agneau aux légumes de printemps, c'est qu'on ne peut le faire qu'au moment... des légumes de printemps. Difficile de s'en régaler tout au long de l'année.

Omelette aux épinards en chausson

<u>Utilisation magique</u> : Nourriture parfaite pour un Chevalier digne de ce nom, protection, protection et encore protection.

<u>Ingrédients :</u>

1 kg d'épinards frais
30g de beurre
60g de crème fraîche
8 œufs
25g de beurre
183g de lardon
7 branches de ciboulette
2 pincées de noix de muscade
1 cuillère à café de graines de sésame
Sel, poivre

Equeutez les épinards et lavez-les en disant :

O Terre sacrée, qui produit et reproduit tout sans qui rien ne peut naître ni mûrir, accorde ce que je demande, mets dans ces herbes que tu crées les vertus bienfaisantes et magiques. Et toi, herbe puissante, sois donc propice, bénéfique, bienfaisante et permet moi d'utiliser tes bienfaits à bon escient. Merci Terre Mère, je te salue. Merci Plante, je te salue.

Faites bouillir de l'eau salée dans votre chaudron magique et plongez-les dans l'eau en ébullition. Laissez bouillir 5mn.

Egouttez-les en les pressant pour en extirper l'eau.

Faites fondre 30 g de beurre dans le chaudron et mettez les épinards égouttés. Mélangez avec votre cuillère de bois en disant :

Vous, les Anges du Ciel qui connaissez tous les mystères, accompagnez-moi aujourd'hui. Dieu de Lumière, protégez-moi aujourd'hui. Que mon Chaudron Sacré bouillonne de vie et d'Amour, que le Feu emplisse ma préparation de passion, que l'Eau insuffle l'Amour, que l'Air souffle la Paix, que la Terre densifie, mélange et lie Passion, Amour et Paix. Que l'Esprit soit avec moi. Qu'il en soit ainsi.

Ajoutez les ¾ de crème fraîche, sel et noix de muscade, graines de sésame et laissez mijoter tout doucement pendant 10 mn. Pendant ce temps, préparez l'omelette. Dans un saladier, battez les œufs salés auxquels vous ajoutez la ciboulette en réservant 2 tiges pour la déco et la crème fraîche. Faites chauffer la poêle et jetez les lardons, laissez prendre couleur sans brûler. Au dernier moment, monter le feu et versez-y les œufs. Avec une fourchette faites en sorte que la cuisson soit uniforme. Votre omelette doit avoir les bords légèrement secs et le centre un peu baveux. A ce moment, prenez vos épinards (s'il reste de l'eau pressez-les avec une fourchette de façon à les égoutter) et mettez-les sur la moitié de l'omelette en disant :

Herbes magiques, gardez-moi, protégez-moi, libérez-moi. Par la Puissance des Plantes bénies, venez renforcer les Trois Corps. Je le veux, c'est ma volonté, qu'il en soit ainsi !

Repliez-la et servez.

Paëlla Belle-Maman

Ne servez rien avant, sauf l'apéritif, pas de hors d'œuvre et un dessert léger (glace ou fruits frais).

Recette pour 8 personnes
Utilisation magique : Plat convivial qui mène à l'entente familiale.
Ingrédients :
1 litre de moules
1 poulet de 1kg/1kg500 coupé en 8 morceaux
300g de noix de veau
300g de filet mignon de porc
40g de beurre
2 oignons roses de Bretagne
750 g de crevettes roses (ou de langoustines crues)
3 poivrons (rouge, jaune, vert)
3 courgettes petites
300g de tomates
100g de chorizo (doux s'il y a des enfants)
2 gousses d'ail
500g de riz
2 sachets d'épices pour paëlla
1 petite boîte de petits pois
1 petite boîte de fonds d'artichauts
Sel, poivre

La veille de la dégustation (car c'est bien meilleur réchauffé), grattez, lavez les moules et faites-les ouvrir dans une cocotte sur feu vif. Egouttez-les en gardant le jus et détachez une coquille de chaque moule.

Faites chauffer les 40g de beurre dans le chaudron et mettez les morceaux de poulet, le veau et le porc coupés en morceaux de 5cm de côté environ et faites dorer. Ajoutez les deux oignons hachés, si vous avez choisi les langoustines, ajoutez-les à ce moment, les poivrons épinés et coupés en lanières, sel et poivre. Couvrez et pendant ce temps...

Lavez et coupez les têtes et queues des courgettes, lavez les tomates en disant :

O Terre sacrée, qui produit et reproduit tout sans qui rien ne peut naître ni mûrir, accorde ce que je demande, mets dans ces herbes que tu crées les vertus bienfaisantes et magiques. Et toi, herbe puissante, sois donc propice, bénéfique, bienfaisante et permet moi d'utiliser tes bienfaits à bon escient. Merci Terre Mère, je te salue. Merci Plante, je te salue.

Coupez les courgettes et les tomates en morceaux, ajoutez dans le chaudron en disant :

Vous, les Anges du Ciel qui connaissez tous les mystères, accompagnez-moi aujourd'hui. Dieu de Lumière, protégez-moi aujourd'hui. Que mon Chaudron Sacré bouillonne de vie et d'Amour, que le Feu emplisse ma préparation de passion, que l'Eau insuffle l'Amour, que l'Air souffle la Paix, que la Terre densifie, mélange et lie Passion, Amour et Paix. Que l'Esprit soit avec moi. Qu'il en soit ainsi.

Enfin, ajoutez le chorizo en rondelles, les gousses d'ail, les sachets d'épices pour paëlla et le jus de cuisson des moules. Laissez cuire doucement pendant 50 mn. Eteignez votre feu (ou... arrêtez votre plaque). Le lendemain environ 45 mn avant le repas, faites réchauffer le contenu du chaudron. Au bout de 20 mn, alors que la préparation est chaude, ajoutez le riz et de l'eau de façon à ce que le liquide arrive juste à la hauteur du contenu du chaudron en disant :

Lorsque nous serons rassemblés autour de cette nourriture d'abondance, nous serons tous dans la même douceur, dans la même harmonie dont les Maîtres mots seront écoute et partage. Les ingrédients qui forment ce charme vont agir tous ensemble pour amener douceur, bonheur et préserver une bonne entente. Que le partage et l'amour familial règne entre tous. Je le veux, c'est ma volonté, qu'il en soit ainsi !

Laissez mijoter à feu doux, à couvert 10 à 20 mn supplémentaires selon le mode de cuisson du riz. Egouttez les petits pois, les fonds d'artichauts et ajoutez dans le chaudron ainsi que les moules et les crevettes roses (si vous avez choisi cette option). Laissez cuire 10 mn de plus. Servez la paëlla très chaude.

Je réalise ma paëlla entièrement au chaudron et je la verse (pour la présentation) dans une grande poêle à Paëlla. Cela permet à tous les ingrédients, y compris le riz de cuire sans dessécher.

Pain de poisson

Recette pour 4/6 personnes
Utilisation magique : Développer l'intuition et la médiumnité
Ingrédients :
1 Kg de cabillaud
6 œufs
1 petite boîte de concentré de tomates (70g)
3 pincées de :
- pétales de roses blanches
- thym (poudre)
- lavande (poudre)
2 pincées de :
- safran
- persil
- romarin (poudre)
Sel, poivre

Se prépare la veille du repas.
Faites cuire le poisson au court-bouillon salé pendant 20 mn disant :
Vous, les Anges du Ciel qui connaissez tous les mystères, accompagnez-moi aujourd'hui. Dieu de Lumière, protégez-moi aujourd'hui. Que mon Chaudron Sacré bouillonne de vie et d'Amour, que le Feu emplisse ma préparation de passion, que l'Eau insuffle l'Amour, que l'Air souffle la Paix, que la Terre densifie, mélange et lie Passion, Amour et Paix. Que l'Esprit soit avec moi. Qu'il en soit ainsi.

Prenez une terrine à pâté ou à cake et garnissez-la de papier alu. Emiettez le poisson dans votre saladier magique en disant

O Mer sacrée, qui produit et reproduit tout sans qui rien ne peut naître ni mûrir, accorde ce que je demande, mets dans ces herbes que tu crées les vertus bienfaisantes et magiques. Et toi, herbe puissante, sois donc propice, bénéfique, bienfaisante et permet moi d'utiliser tes bienfaits à bon escient. Merci Terre Mère, je te salue. Merci Poisson, je te salue.

Mélangez 6 œufs en omelette avec le concentré de tomates, sel et poivre. Ajouter les herbes en disant :

Herbes sacrées, je vous demande d'agir afin que ... (nommer) ait accès à l'intuition et à la médiumnité et qu'il (elle) soit aidé(e) et favorisé(e) pour sa quête spirituelle, par votre soutien, votre aide, votre bienveillance. Je le veux, c'est ma volonté, qu'il en soit ainsi !

Battez le tout vigoureusement et versez sur le poisson dans la terrine. Faites cuire ½ heure sur 180°.

Démoulez le pain de poisson lorsqu'il est froid et coupez des tranches fines au couteau électrique. Disposez-les sur un plat garni de feuilles de salade ou directement sur assiette. Servir avec une mayonnaise ou une sauce aurore (mayonnaise mélangée ketchup). Le pain d'accompagnement idéal est bien sûr le pain aux algues.

Note

Le pain de poisson a une particularité, c'est de "noyer le poisson". Ne dites pas sa composition et laissez vos convives deviner, vous serez surpris ! Cela ressemble bien plus à du crabe qu'à du cabillaud.

Palette du Désir

<u>Utilisation magique</u> : nettement et sûrement magie sexuelle

<u>Ingrédients (pour 2)</u>

½ palette de porc (il vous en restera pour d'autres repas)

10 gousses d'ail

10 pincées d'origan

10 abricots (secs éventuellement mais moelleux)

2 pincées de poivre ou de gingembre

Sel

Préparez vos ingrédients en disant :

O Terre sacrée, qui produit et reproduit tout sans qui rien ne peut naître ni mûrir, accorde ce que je demande, mets dans ces herbes que tu crées les vertus bienfaisantes et magiques. Et toi, herbe puissante, sois donc propice, bénéfique, bienfaisante et permet moi d'utiliser tes bienfaits à bon escient. Merci Terre Mère, je te salue. Merci Plante, je te salue.

Préchauffez votre four sur 150°. Mettez la palette dans le plat à four, ajoutez l'ail en chemise (non épluché), les 10 pincées d'origan, les 10 abricots, sel et poivre en disant :

Du corps à l'esprit, et de l'âme à la chair, par ce rituel, mon corps se charge du goût de la jouissance et du partage de l'amour. Les énergies fusionnent de l'un à l'autre corps. Les mains se lèvent et ne font plus qu'une, par la Magie Sacrée. Je le veux, c'est ma volonté, qu'il en soit ainsi !

Couvrez la cocotte, enfournez et laissez cuire 2 heures en disant :

Vous, les Anges du Ciel qui connaissez tous les mystères, accompagnez-moi aujourd'hui. Dieu de Lumière, protégez-moi aujourd'hui. Que mon Chaudron Sacré bouillonne de vie et d'Amour, que le Feu emplisse ma préparation de passion, que l'Eau insuffle l'Amour, que l'Air souffle la Paix, que la Terre densifie, mélange et lie Passion, Amour et Paix. Que l'Esprit soit avec moi. Qu'il en soit ainsi.

Lorsque c'est cuit, enlevez l'ail et débarrassez-le des pelures. Avec la chair obtenue, liez une tasse de sauce et présentez de deux façons, la sauce avec et sans ail. S'accompagne de petits légumes, purée, pâtes.

Papillotes de cabillaud

Recette pour 1 personne (multiplier les proportions en fonction du nombre de convives)
Utilisation magique : Nettoyage des aspérités
Ingrédients :
153g de Cabillaud (par papillote)
1 tomate coupée en rondelles (par papillote)
3 pincées de romarin, de thym et de persil (par papillote)
Sel, poivre

Achetez une boîte de pois cassés au rayon légumes secs et préparez-les selon recette indiquée sur le paquet.
Coupez un morceau de papier alu d'environ 20cm. Préchauffez votre four sur 180°. Détaillez les tomates en rondelles en disant :
O Terre sacrée, qui produit et reproduit tout sans qui rien ne peut naître ni mûrir, accorde ce que je demande, mets dans ces herbes que tu crées les vertus bienfaisantes et magiques. Et toi, herbe puissante, sois donc propice, bénéfique, bienfaisante et permet moi d'utiliser tes bienfaits à bon escient. Merci Terre Mère, je te salue. Merci Plante, je te salue.
Au centre, posez le poisson sur lequel vous ajoutez les rondelles de tomate, saupoudrez de persil et ajoutez enfin les 3 pincées de romarin, thym et persil, sel et poivre. Fermez la papillote comme un bonbon en disant :
L'Un en qui tout est, apporte santé et paix et apporte le soulagement de la souffrance.
Mettez à four chaud pendant 20 mn. En enfournant, dites :

Vous, les Anges du Ciel qui connaissez tous les mystères, accompagnez-moi aujourd'hui. Dieu de Lumière, protégez-moi aujourd'hui. Que mon Chaudron Sacré bouillonne de vie et d'Amour, que le Feu emplisse ma préparation de passion, que l'Eau insuffle l'Amour, que l'Air souffle la Paix, que la Terre densifie, mélange et lie Passion, Amour et Paix. Que l'Esprit soit avec moi. Qu'il en soit ainsi.

Liez votre préparation à la Mère Divine en la bénissant (comme indiqué en page 11.)

Pintade rôtie à la sauge et à l'orange

Usage magique : Attirer la chance.

Ingrédients : pour 4 personnes
1 pintade moyenne
3 oranges
7 feuilles de sauge
4 carottes
1 gousse d'ail
Sel, poivre

Lavez, puis coupez, sans l'éplucher, une orange en quartier et mettez-la, avec 3 feuilles de sauge et la gousse d'ail non épluchée, à l'intérieur de la pintade.
Préchauffez votre four sur 180° en disant :
Vous, les Anges du Ciel qui connaissez tous les mystères, accompagnez-moi aujourd'hui. Dieu de Lumière, protégez-moi aujourd'hui. Que mon Chaudron Sacré bouillonne de vie et d'Amour, que le Feu emplisse ma préparation de passion, que l'Eau insuffle l'Amour, que l'Air souffle la Paix, que la Terre densifie, mélange et lie Passion, Amour et Paix. Que l'Esprit soit avec moi. Qu'il en soit ainsi.
Déposez la pintade dans un plat en la posant sur les 2 feuilles de sauge restantes en disant :
Mère d'Abondance, je vous invoque et vous honore pour m'apporter réussite, chance, abondance et prospérité. Je le veux, qu'il en soit ainsi !

Ajouter le jus des 2 oranges restantes et les carottes coupées en fines rondelles. Pendant la cuisson, retourner la pintade régulièrement.

.

Porc au caramel

Juste parce que c'est très bon et... tellement facile à réaliser.

<u>Utilisation magique</u> : Protéger le couple

<u>Ingrédients :</u>

600g de filet mignon de porc

2 cuillères à soupe d'huile d'olive

8 cuillères à soupe de sucre roux en poudre

2 cuillères à soupe de sauce soja

3 cuillères à soupe de vinaigre balsamique ou de Modène

3 gousses d'ail

28 cacahuètes (7 par bol)

Riz ou nouilles chinoises

Coupez la viande en lamelles fines. Pelez et hachez finement l'ail en disant :

O Terre sacrée, qui produit et reproduit tout sans qui rien ne peut naître ni mûrir, accorde ce que je demande, mets dans ces herbes que tu crées les vertus bienfaisantes et magiques. Et toi, herbe puissante, sois donc propice, bénéfique, bienfaisante et permet moi d'utiliser tes bienfaits à bon escient. Merci Terre Mère, je te salue. Merci Plante, je te salue.

Faites mariner la viande pendant 30 mn dans un mélange de sauce soja, ail haché finement et vinaigre balsamique (n'omettez pas cette étape, elle va attendrir votre viande).

Dans le chaudron magique, faites chauffer l'huile d'olive et ajoutez le sucre. Laissez caraméliser (sans brûler) en disant :

Je révèle le pouvoir magique de ces plantes, symboles de notre amour et de notre passion. Que le pouvoir de Vénus pénètre ce mélange pour qu'il prenne force et devienne agissant. Par l'Ange d'amour qui est plus fort que la raison que notre amour traverse le temps et se fortifie sur tous les plans. Que les forces divines bénissent notre union. Je le veux, c'est ma volonté, qu'il en soit ainsi !

Quand le caramel est coloré d'une jolie couleur brun doré, enlevez le chaudron et ajoutez la marinade et la viande. Mélangez avec une cuillère de bois et remettez sur le feu.

Laissez cuire 10 à 15 mn en remuant sur feu moyen en disant :

Vous, les Anges du Ciel qui connaissez tous les mystères, accompagnez-moi aujourd'hui. Dieu de Lumière, protégez-moi aujourd'hui. Que mon Chaudron Sacré bouillonne de vie et d'Amour, que le Feu emplisse ma préparation de passion, que l'Eau insuffle l'Amour, que l'Air souffle la Paix, que la Terre densifie, mélange et lie Passion, Amour et Paix. Que l'Esprit soit avec moi. Qu'il en soit ainsi.

A la fin de la cuisson, ajoutez les cacahuètes et servez rapidement accompagné du riz nature ou de nouilles chinoises.

Poule au Pot du bon roi Henri

Recette pour 6 personnes
Utilisation magique : Magie de purification des lieux et des personnes.
Ingrédients :
1 poule
1 os à moelle
1 branche de céleri
3 carottes
3 navets
3 poireaux
5 pincées de Persil, thym, laurier
30g de beurre
30g de farine
½ litre de bouillon de poule
1 sachet de riz
Sel, poivre

Epluchez et lavez les légumes en disant :
O Terre sacrée, qui produit et reproduit tout sans qui rien ne peut naître ni mûrir, accorde ce que je demande, mets dans ces herbes que tu crées les vertus bienfaisantes et magiques. Et toi, herbe puissante, sois donc propice, bénéfique, bienfaisante et permet moi d'utiliser tes bienfaits à bon escient. Merci Terre Mère, je te salue. Merci Plante, je te salue.
Emplissez votre chaudron d'eau froide, mettez sur le feu avec os, sel et poivre. Lorsque l'eau bout, ajoutez les poules, dites :

Par ces herbes et cette flamme, je te révèle, Esprit Divin, afin que tu illumines ce lieu de ta présence. Puisses-tu le libérer et tous ceux qui vont manger cette préparation de toute négativité. Je le veux, c'est ma volonté, qu'il en soit ainsi !

Laissez cuire à petit bouillonnement pendant 1 heure environ, puis ajoutez carottes, navets et poireaux en disant :

Vous, les Anges du Ciel qui connaissez tous les mystères, accompagnez-moi aujourd'hui. Dieu de Lumière, protégez-moi aujourd'hui. Que mon Chaudron Sacré bouillonne de vie et d'Amour, que le Feu emplisse ma préparation de passion, que l'Eau insuffle l'Amour, que l'Air souffle la Paix, que la Terre densifie, mélange et lie Passion, Amour et Paix. Que l'Esprit soit avec moi. Qu'il en soit ainsi.

Faites cuire 40mn de plus et ajoutez le sachet de riz en disant :

Ces effluves purifient ce lieu, exorcisent ce lieu, toutes les forces nuisibles en sont chassées par la force et le bien. Je le veux, c'est ma volonté, qu'il en soit ainsi !

Au même moment, préparez votre sauce Ivoire.

Faites fondre le beurre à feu doux. Ajoutez la farine, délayez sur le feu quelques secondes jusqu'à ce que le mélange soit mousseux. Ajoutez d'un seul coup 1/2 litre de bouillon, sel et poivre. Mélangez jusqu'à épaississement et laissez cuire sur feu très doux pendant environ 10mn.

Découpez votre poule, arrosez de sauce Ivoire et servez avec le riz.

Astuce : *Vous pouvez servir le bouillon avant la viande avec soit des pâtes vermicelles, soit des tranches de pain de campagne grillées.*

Poulet à la libanaise aux aubergines

Recette de Noha de Coco

<u>Utilisation magique :</u> Attirer l'abondance, l'argent et les richesses.

<u>Ingrédients (4 personnes):</u>

- 2 grosses aubergines ou 3 ou 4 petites (je privilégie les petites car cela tient mieux à la cuisson avec la peau)
- 1 poulet coupé en morceau
- 1 oignon émincé
- 2 petites tomates
- 1 boite de tomates concassées
- 1 petite boite de pois chiches égouttés des morceaux de poulet précuits
- 1 cuillère à soupe d'huile d'olive
- sel & poivre
- 1 cuillère à café de cumin
- 1 cuillère à café de paprika
- 1/2 cuillère à café de cannelle

Préparez tous vos ingrédients, lavez et coupez les aubergines en disant :

O Terre sacrée, qui produit et reproduit tout sans qui rien ne peut naître ni mûrir, accorde ce que je demande, mets dans ces herbes que tu crées les vertus bienfaisantes et magiques. Et toi, herbe puissante, sois donc propice, bénéfique, bienfaisante et permet moi d'utiliser tes bienfaits à bon escient. Merci Terre Mère, je te salue. Merci Plante, je te salue.

Mettez votre cocotte sur feu doux. Dans le fond de la cocotte mettez l'huile d'olive et faites revenir le poulet. Lorsqu'il a un peu doré, ajoutez l'oignon, laissez dorer, les tomates concassées, les épices, sel et poivre en disant :

Par les Sceaux sacrés, je me relie aux Puissances de l'Univers et aux Forces Divines afin que cette préparation ait le pouvoir d'aimanter la réussite. La Corne d'Abondance déverse sur ceux qui mangeront ses mille cadeaux, ses milles bienfaits, sous toutes leurs formes. Je le veux, c'est ma volonté, qu'il en soit ainsi !

Mélangez pour que le poulet soit bien enduit d'épices, puis ajoutez, les quartiers des deux tomates. Coupez les aubergines en gros dés et ajoutez dans la cocotte en disant :

Vous, les Anges du Ciel qui connaissez tous les mystères, accompagnez-moi aujourd'hui. Dieu de Lumière, protégez-moi aujourd'hui. Que mon Chaudron Sacré bouillonne de vie et d'Amour, que le Feu emplisse ma préparation de passion, que l'Eau insuffle l'Amour, que l'Air souffle la Paix, que la Terre densifie, mélange et lie Passion, Amour et Paix. Que l'Esprit soit avec moi. Qu'il en soit ainsi.

Selon la qualité de votre poulet faites cuire 45 minutes à 1 heure à feu doux. 15 min avant la fin de la cuisson ajoutez la boîte de pois chiches égouttés et rincés.

Sahtein (bon appétit en arabe)
Est encore meilleur consommé le lendemain. Le plat préparé se congèle parfaitement.

Ris de veau aux morilles

<u>Utilisation magique</u> : Accroître la spiritualité et les capacités spirituelles

<u>Ingrédients :</u>
600g de ris de veau
1 échalote
300g de morilles (que vous pouvez remplacer par des champignons de Paris)
5cl de cognac
½ bouteille de bon champagne (que vous pouvez remplacer par du vin blanc)
2 jaunes d'œufs
73g de crème fraîche
1 cuillère à soupe de maïzena
Sel, poivre

Faites dégorger les ris de veau dans l'eau froide agrémentée d'un trait de vinaigre de vin. Pendant ce temps, faites bouillir de l'eau dans le chaudron et plongez les ris de veau dans l'eau bouillante pendant 3 mn. Versez-les dans la passoire et rafraîchissez-les complètement. Supprimez toutes les peaux et les parties cartilagineuses (non comestibles), enlevez au maximum la peau du dessus. Coupez les ris de veau en gros dés. Coupez les pieds des morilles et lavez-les soigneusement. Pelez et coupez finement l'échalote en lamelles en disant :
O Terre sacrée, qui produit et reproduit tout sans qui rien ne peut naître ni mûrir, accorde ce que je demande,

mets dans ces herbes que tu crées les vertus bienfaisantes et magiques. Et toi, herbe puissante, sois donc propice, bénéfique, bienfaisante et permet moi d'utiliser tes bienfaits à bon escient. Merci Terre Mère, je te salue. Merci Plante, je te salue.

Faites fondre le beurre dans le chaudron avec l'échalote. Ajoutez les dés de riz de veau et les morilles en disant :

Vous, les Anges du Ciel qui connaissez tous les mystères, accompagnez-moi aujourd'hui. Dieu de Lumière, protégez-moi aujourd'hui. Que mon Chaudron Sacré bouillonne de vie et d'Amour, que le Feu emplisse ma préparation de passion, que l'Eau insuffle l'Amour, que l'Air souffle la Paix, que la Terre densifie, mélange et lie Passion, Amour et Paix. Que l'Esprit soit avec moi. Qu'il en soit ainsi.

Versez le cognac que vous portez à ébullition. Otez le chaudron de sous la hotte aspirante, grattez une allumette allume-feu de cheminée et mettez le feu à la préparation (toutes ces opérations doivent se faire très vite car le cognac refroidi ne flambera pas). Mouillez avec le champagne et laissez mijoter 15 minutes. Sel, poivre. Retirez les ris de veau du feu et égouttez-les. Faites réduire la sauce dans le chaudron (en réalité, vous laissez cuire sur feu plus vif – cela doit bouillir à petits bouillons) en disant :

Je vous demande d'agir afin d'avoir accès à toutes les connaissances et compréhension dans ma quête spirituelle et d'être aidé et favorisé pour la réussite, par votre soutien, votre aide, votre bienveillance. Je le veux, c'est ma volonté, qu'il en soit ainsi !

Mettez votre cuillère à soupe de maïzena dans un bol et mouillez d'eau froide, mélangez bien de façon à la rendre liquide. Ajoutez à la sauce et remettez les ris dans le chaudron. Tenez au chaud.

Au moment de servir, battez vos jaunes d'œufs dans un bol, les ajouter à la sauce en remuant avec un fouet vivement. Enfin ajoutez la crème fraîche.

Saumon Belle au bois dormant

A une Princesse, ce saumon couché dans une assiette, pour dormir peut-être ?

Utilisation magique : Favoriser l'abondance
Ingrédients :
4 filets de saumon frais
1 échalote
1 oignon rose de Bretagne
4 cuillères à soupe de gelée de framboise
150 g de crème fraîche épaisse
4 pincées de persil
1 cuillère à soupe d'huile d'olive
1 petit bocal de baies roses d'airelles
Riz basmati
1 petite betterave rouge
Sel, poivre

Epluchez l'oignon, l'échalote et émincez-les séparément en disant :
O Terre sacrée, qui produit et reproduit tout sans qui rien ne peut naître ni mûrir, accorde ce que je demande, mets dans ces herbes que tu crées les vertus bienfaisantes et magiques. Et toi, herbe puissante, sois donc propice, bénéfique, bienfaisante et permet moi d'utiliser tes bienfaits à bon escient. Merci Terre Mère, je te salue. Merci Plante, je te salue.
Dans le chaudron, faites fondre l'oignon dans l'huile d'olive. Ajoutez le riz, l'eau, le sel et faites cuire 10 à 20mn (en fonction du mode de cuisson du riz choisi).

Préparez la sauce. Faites revenir et brunir l'échalote à l'huile d'olive, dans votre chaudron, sans faire brûler. Ajoutez la gelée de framboise, le petit bocal d'airelles avec le jus et laissez réduire en disant :

Vous, les Anges du Ciel qui connaissez tous les mystères, accompagnez-moi aujourd'hui. Dieu de Lumière, protégez-moi aujourd'hui. Que mon Chaudron Sacré bouillonne de vie et d'Amour, que le Feu emplisse ma préparation de passion, que l'Eau insuffle l'Amour, que l'Air souffle la Paix, que la Terre densifie, mélange et lie Passion, Amour et Paix. Que l'Esprit soit avec moi. Qu'il en soit ainsi.

Badigeonnez légèrement les filets de saumon avec de l'huile d'olive. Déposez
les filets dans une poêle et laissez cuire 3 à 5 mn de chaque côté selon l'épaisseur.

Lorsque le jus de la sauce a réduit de moitié, ajoutez la crème fraîche salez, poivrez et laissez fondre en mélangeant, en disant :

Par les Sceaux sacrés, je me relie aux Puissances de l'Univers et aux Forces Divines afin que cette préparation ait le pouvoir d'aimanter la réussite. La Corne d'Abondance déverse sur ceux qui mangeront ses mille cadeaux, ses milles bienfaits, sous toutes leurs formes. Je le veux, c'est ma volonté, qu'il en soit ainsi !

Revenez à votre riz, coupez une petite betterave rouge en petits carrés et à 5 mn de la fin de la cuisson, ajoutez dans la casserole. Le riz se colore en rose.

Déposez dans chaque assiette, le filet de saumon, un peu de sauce sur, et à côté du poisson, une pincée de persil et deux cuillères de riz rose Basmati.

Sauté de crevettes à l'ail et à la ciboulette

Servies sur assiettes, les crevettes ont un air de Bretagne, en bol, un air d'Asie

Utilisation magique : Favoriser l'abondance et harmonie dans les affaires

Ingrédients :

3 gousses d'ail

1 botte de ciboulette

1 cuillère à soupe d'huile d'olive

444g de crevettes roses

1 filet de sauce soja

Gingembre en poudre

Epluchez et hachez l'ail en disant :

O Terre sacrée, qui produit et reproduit tout sans qui rien ne peut naître ni mûrir, accorde ce que je demande, mets dans ces herbes que tu crées les vertus bienfaisantes et magiques. Et toi, herbe puissante, sois donc propice, bénéfique, bienfaisante et permet moi d'utiliser tes bienfaits à bon escient. Merci Terre Mère, je te salue. Merci Plante, je te salue.

Ciselez finement la ciboulette et mélangez-la avec l'ail et l'huile en disant :

Par les Sceaux sacrés, je me relie aux Puissances de l'Univers et aux Forces Divines afin que cette préparation ait le pouvoir d'aimanter la réussite et d'attirer l'harmonie dans mes affaires. La Corne d'Abondance déverse sur ceux qui mangeront ses mille cadeaux, ses

milles bienfaits, sous toutes leurs formes. Je le veux, c'est ma volonté, qu'il en soit ainsi !

Décortiquez les crevettes en prenant soin de retirer la tête et la carapace mais en laissant la queue. Incisez les crevettes le long de la colonne dorsale.

Dans le chaudron, jetez le mélange ciboulette ail et faites cuire pendant 2 mn en disant :

Vous, les Anges du Ciel qui connaissez tous les mystères, accompagnez-moi aujourd'hui. Dieu de Lumière, protégez-moi aujourd'hui. Que mon Chaudron Sacré bouillonne de vie et d'Amour, que le Feu emplisse ma préparation de passion, que l'Eau insuffle l'Amour, que l'Air souffle la Paix, que la Terre densifie, mélange et lie Passion, Amour et Paix. Que l'Esprit soit avec moi. Qu'il en soit ainsi.

Ajoutez les crevettes et faites un aller-retour, juste pour les réchauffer. Ajoutez le filet de sauce soja et saupoudrez de gingembre. Accompagnez de riz et dressez en bol ou sur assiette en garnissant de deux brins de ciboulette.

Sauté de veau à la purée d'ail

L'ail est parfaitement digeste cuit ainsi. Original en tous cas !

Utilisation magique : Protéger sa famille
Ingrédients :
600g de sauté de veau
2 oignons
1 cuillère à soupe d'huile d'olive
1 Kub'Or
30cl de vin blanc
1 bouquet garni
2 têtes d'ail (une tête d'ail contient 7/8 gousses)
2 cuillères à soupe de Cognac
2 cuillères à soupe de crème fraîche épaisse
1 jaune d'œuf
1 bouquet garni (à parts égales romarin, thym et une feuille de laurier)
Sel, poivre

Epluchez et émincez vos oignons en disant :
O Terre sacrée, qui produit et reproduit tout sans qui rien ne peut naître ni mûrir, accorde ce que je demande, mets dans ces herbes que tu crées les vertus bienfaisantes et magiques. Et toi, herbe puissante, sois donc propice, bénéfique, bienfaisante et permet moi d'utiliser tes bienfaits à bon escient. Merci Terre Mère, je te salue. Merci Plante, je te salue.
Faites chauffer l'huile dans le chaudron et dorer les oignons. Ajoutez les morceaux de veau et faites-les dorer

en remuant. Ajoutez le vin blanc, le bouquet garni, sel, poivre gris. Couvrez et laissez mijoter sur feu doux pendant 1 heure en disant :

Vous, les Anges du Ciel qui connaissez tous les mystères, accompagnez-moi aujourd'hui. Dieu de Lumière, protégez-moi aujourd'hui. Que mon Chaudron Sacré bouillonne de vie et d'Amour, que le Feu emplisse ma préparation de passion, que l'Eau insuffle l'Amour, que l'Air souffle la Paix, que la Terre densifie, mélange et lie Passion, Amour et Paix. Que l'Esprit soit avec moi. Qu'il en soit ainsi.

Pendant ce temps, séparez les gousses d'ail et faites-les cuire dans de l'eau salée pendant ½ heure selon leur grosseur. Elles doivent devenir molles. Les égoutter, les peler et récupérer la pulpe, la réduire en purée en disant :

Par la puissance de ces aliments, j'invoque les forces divines, à assurer protection à tous ceux qui mangeront. Qu'il en soit ainsi, ici et maintenant.

Mélangez avec la crème, le jaune d'œuf et le Cognac. Quand la viande est cuite, enlevez le bouquet garni du chaudron et versez le mélange aillé. Faites chauffer sans faire bouillir (la consistance change). Servez avec une écrasée de pommes de terre (pommes de terre cuites à l'eau et écrasées à la fourchette, un morceau de beurre pour l'assaisonnement) ou du riz.

Tajine de veau au miel

On imagine souvent que la Tajine ne se prépare qu'avec de la graine de couscous, pourtant, on peut y mettre des pommes de terre.

Utilisation magique : Raviver la flamme
Ingrédients :
500g de filet de veau
300g d'oignons
60g de raisins secs
Huile d'olive
2 cuillères à soupe de miel
3 cuillères à café d'épices à tajine
8 pommes de terre Rosa
1 verre de vin blanc sec (Sauvignon)
Sel, poivre

Coupez la viande en gros morceaux. Epluchez et émincez les oignons en disant :
O Terre sacrée, qui produit et reproduit tout sans qui rien ne peut naître ni mûrir, accorde ce que je demande, mets dans ces herbes que tu crées les vertus bienfaisantes et magiques. Et toi, herbe puissante, sois donc propice, bénéfique, bienfaisante et permet moi d'utiliser tes bienfaits à bon escient. Merci Terre Mère, je te salue. Merci Plante, je te salue.
Faites chauffer l'huile dans le chaudron. Ajoutez la viande et la faire dorer sur toutes ses faces pendant 5 mn, la réserver sur assiette.

Versez les oignons dans le chaudron et les laisser fondre sur feu doux 10 mn en remuant. Ajoutez miel, sel et poivre. Remettez la viande, ajoutez les épices et les raisins. Mélangez et couvrir en disant :

Vous, les Anges du Ciel qui connaissez tous les mystères, accompagnez-moi aujourd'hui. Dieu de Lumière, protégez-moi aujourd'hui. Que mon Chaudron Sacré bouillonne de vie et d'Amour, que le Feu emplisse ma préparation de passion, que l'Eau insuffle l'Amour, que l'Air souffle la Paix, que la Terre densifie, mélange et lie Passion, Amour et Paix. Que l'Esprit soit avec moi. Qu'il en soit ainsi.

Lavez et épluchez les pommes de terre, coupez-les en morceaux. Ajoutez dans le chaudron. Mouillez avec un verre de vin blanc sec et ½ verre d'eau en disant :

Les yeux de mon partenaire sont comme le soleil, ils brûlent d'amour pour moi, son corps est chaud comme la Terre, sa peau est douce comme la rosée et lorsque le moment sera là, nous ne ferons plus qu'un. O Vénus, Déesse de l'amour, fais que nous puissions partager un amour torride, fusionnel et puissant, fou et irrésistible. Je le veux, c'est ma volonté, qu'il en soit ainsi !

Laissez mijoter doucement environ 30 mn (piquez une pomme de terre avec la pointe d'un couteau pour vérifier la cuisson).

Tomate, courgette et poivron farcis au chaudron

<u>Utilisation magique</u> : Favoriser les relations amoureuses (pour les tomates) et protection de la relation.

<u>Ingrédients :</u>

5 grosses tomates à farcir (ne pas les conserver au réfrigérateur, le goût des tomates est cassé par le froid)
405g de chair à saucisse
1 oeuf
3 biscottes
½ verre de lait
1 poivron vert
1 oignon
3 gousses d'ail
1 belle courgette
3 belles pommes de terre (type Rosa) ou riz
5 Pincées de persil
Sel, poivre

Faites gonfler les biscottes dans le ½ verre de lait. Lavez courgette, tomates et poivron. Epluchez les pommes de terre, lavez-les et coupez-les en 2 de même que la courgette, dans le sens de la longueur en disant :

O Terre sacrée, qui produit et reproduit tout sans qui rien ne peut naître ni mûrir, accorde ce que je demande, mets dans ces herbes que tu crées les vertus bienfaisantes et magiques. Et toi, herbe puissante, sois donc propice, bénéfique, bienfaisante et permet moi d'utiliser tes bienfaits à bon escient. Merci Terre Mère, je te salue. Merci Plante, je te salue.

Découpez un couvercle dans chaque tomate du côté opposé de la tige (réservez-le sur une assiette). Videz les tomates avec une cuillère à café ou un couteau pointu. Gardez le jus. Salez légèrement l'intérieur. Coupez le poivron en 2 et épinez-le. Dans un saladier, mélangez la chair à saucisse, l'œuf, les biscottes égouttées, l'oignon pelé et coupé finement, 2 gousses d'ail haché, sel, poivre et persil. Tassez cette farce dans les tomates, la courgette et le poivron et à ce moment, dites :

Autant à l'intérieur qu'à l'extérieur, j'ouvre mon cœur et mes bras, j'écarte de moi les peurs et les doutes, repousse la tristesse. Ma démarche et mon appel sont purs. Que les événements se créent et nous rapprochent, comme cette huile, le souffle va nous réunir et l'odeur vous amener à moi.

Je le veux, c'est ma volonté, qu'il en soit ainsi !

Mettez 2 cuillères à soupe d'huile d'olive à chauffer dans le chaudron. Déposez les tomates, la courgette et le poivron. Au centre, mettez les pommes de terre (ou le riz) et le jus des tomates récupéré en disant :

Vous, les Anges du Ciel qui connaissez tous les mystères, accompagnez-moi aujourd'hui. Dieu de Lumière, protégez-moi aujourd'hui. Que mon Chaudron Sacré bouillonne de vie et d'Amour, que le Feu emplisse ma préparation de passion, que l'Eau insuffle l'Amour, que l'Air souffle la Paix, que la Terre densifie, mélange et lie Passion, Amour et Paix. Que l'Esprit soit avec moi. Qu'il en soit ainsi.

Laissez cuire pendant 20 mn. A ce moment, ajoutez les chapeaux sur les tomates. Continuez la cuisson pendant 20 minutes.

Tourte Grandcamp bord de mer

Utilisation magique : Ouvrir les portes de l'inconscient
Ingrédients :
1 litre de moules
5 pattes de crabes cuites
16 belles coquilles Saint-Jacques
50g de beurre
2 cuillères à soupe de farine
Eau
1 pâte à tarte brisée (de bonne qualité)
Sel, poivre

Préchauffez votre four sur 180°. Décortiquez vos pattes de crabe. Etalez votre pâte sur un moule à tarte et percez le fond avec une fourchette en disant :
O Terre sacrée, qui produit et reproduit tout sans qui rien ne peut naître ni mûrir, accorde ce que je demande, mets dans ces herbes que tu crées les vertus bienfaisantes et magiques. Et toi, herbe puissante, sois donc propice, bénéfique, bienfaisante et permet moi d'utiliser tes bienfaits à bon escient. Merci Terre Mère, je te salue. Merci Plante, je te salue.
Coupez vos coquilles en deux dans l'épaisseur et faites-les cuire dans votre chaudron sur feu vif 3 mn de chaque côté. Réservez dans une assiette. Lavez soigneusement les moules. Mettez 20g de beurre dans le chaudron et faites ouvrir les moules sur feu vif d'abord et lorsqu'elles commencent à s'ouvrir, baissez le feu pour laisser cuire 5 mn en disant :

Vous, les Anges du Ciel qui connaissez tous les mystères, accompagnez-moi aujourd'hui. Dieu de Lumière, protégez-moi aujourd'hui. Que mon Chaudron Sacré bouillonne de vie et d'Amour, que le Feu emplisse ma préparation de passion, que l'Eau insuffle l'Amour, que l'Air souffle la Paix, que la Terre densifie, mélange et lie Passion, Amour et Paix. Que l'Esprit soit avec moi. Qu'il en soit ainsi.

Versez-les dans un saladier pour qu'elles refroidissent. Décortiquez-les. Mettez la pâte à tarte à cuire à blanc (en l'ayant percée de coup de fourchette) pendant 10 mn. Passez le jus de cuisson des moules dans un chinois et allongez-le d'eau de façon à obtenir ¼ de litre de liquide. Dans le chaudron, qu'il n'est pas utile de laver entre chaque opération (sauf après les moules qui peuvent rendre du sable), faites fondre le reste du beurre, ajoutez la farine et mélangez. Mettez d'un seul coup le jus de cuisson des moules allongé d'eau. Laissez cuire pendant 15 mn en remuant de temps en temps. Poivrez et goûtez de façon à rectifier l'assaisonnement (sel si nécessaire).

A la fin de la cuisson, ajoutez les miettes de crabes et les coquilles (mais sans remettre sur le feu, tous vos ingrédients sont déjà cuits) en disant :

Au nom des Puissances Supérieures, que la Force et la Puissance Divine descendent dans cette préparation afin qu'elle puisse ouvrir les portes de l'inconscient et me guider. Je le veux, c'est ma volonté, qu'il en soit ainsi !

(Vous pouvez réaliser toutes les étapes ci-dessus en avance – 1, 2 ou même 3 heures avant votre repas).

Si vous faites toutes les opérations dans la continuité, poussez votre four sur 200°. Autrement, 20 mn avant de servir, allumez votre four sur 200° pour le préchauffer. 10 mn avant de servir, parsemez de 7 petites cuillères de crème fraîche et passez au four pendant 10 mn.

Légumes
Epinards Catalan

<u>Utilisation magique</u> : Aide au combat (armure éthérique)
<u>Ingrédients :</u>
500g d'épinards
50g d'échalotes coupées
2 gousses d'ail
4 cuillères à soupe d'huile d'olive
1 pincée de Noix de muscade et 20g de sésame
Sel

Lavez et enlevez les tiges des épinards. Epluchez et mixez l'échalote et l'ail en disant :
O Terre sacrée, qui produit et reproduit tout sans qui rien ne peut naître ni mûrir, accorde ce que je demande, mets dans ces herbes que tu crées les vertus bienfaisantes et magiques. Et toi, herbe puissante, sois donc propice, bénéfique, bienfaisante et permet moi d'utiliser tes bienfaits à bon escient. Merci Terre Mère, je te salue. Merci Plante, je te salue.
Vous, les Anges du Ciel qui connaissez tous les mystères, accompagnez-moi aujourd'hui. Dieu de Lumière, protégez-moi aujourd'hui. Que mon Chaudron Sacré bouillonne de vie et d'Amour, que le Feu emplisse ma préparation de passion, que l'Eau insuffle l'Amour, que l'Air souffle la Paix, que la Terre densifie, mélange et lie Passion, Amour et Paix. Que l'Esprit soit avec moi. Qu'il en soit ainsi.

Ajoutez les épinards, sel, la noix de muscade et les graines de sésame, laissez mijoter couvert pendant 15 mn, dites :

Au nom des Puissances Supérieures, que la Force et la Puissance Divine descendent dans cette préparation afin qu'elle puisse me protéger et favoriser la réussite dans tous les combats. Je le veux, c'est ma volonté, qu'il en soit ainsi !

Flamiche aux poireaux

Dans certains villages, où il n'y avait pas de poissonnier, il était coutume de faire une flamiche aux poireaux pour le Vendredi Saint.

<u>Utilisation magique</u> : Harmonie familiale
<u>Ingrédients :</u>
1 boîte de lardons fumés (200g)
500g de poireaux
4 cuillères à soupe de farine
25cl de lait
3 œufs
1 paquet de gruyère râpé
1 pâte brisée ou feuilletée de bonne qualité
Sel, poivre

Epluchez vos poireaux et émincez-les en disant :
O Terre sacrée, qui produit et reproduit tout sans qui rien ne peut naître ni mûrir, accorde ce que je demande, mets dans ces herbes que tu crées les vertus bienfaisantes et magiques. Et toi, herbe puissante, sois donc propice, bénéfique, bienfaisante et permet moi d'utiliser tes bienfaits à bon escient. Merci Terre Mère, je te salue. Merci Plante, je te salue.
Faites bouillir de l'eau salée dans votre chaudron, jetez les blancs de poireaux (je mets également le vert car je trouve que c'est plus goûteux). Laissez bouillir environ 5 mn et mettez dans la passoire à égoutter. Ensuite, dans le chaudron, faites revenir les lardons, puis ajoutez la farine hors du feu pour que cela forme un mélange

homogène mais épais. Ajoutez-y les blancs de poireaux. Sel, poivre. En même temps, dites :

Vous, les Anges du Ciel qui connaissez tous les mystères, accompagnez-moi aujourd'hui. Dieu de Lumière, protégez-moi aujourd'hui. Que mon Chaudron Sacré bouillonne de vie et d'Amour, que le Feu emplisse ma préparation de passion, que l'Eau insuffle l'Amour, que l'Air souffle la Paix, que la Terre densifie, mélange et lie Passion, Amour et Paix. Que l'Esprit soit avec moi. Qu'il en soit ainsi.

Délayez avec le lait pour obtenir une béchamel épaisse. Ajoutez les 3 jaunes d'œufs 1 à 1 en remuant énergiquement, puis ajoutez le gruyère râpé, poivre. Battez les blancs en neige ferme et incorporez-les délicatement à votre préparation (sans les casser). Versez sur la pâte (brisée ou feuilletée), saupoudrez de gruyère râpé en disant :

Lorsque nous serons rassemblés autour de cette nourriture d'abondance, nous serons tous dans la même douceur, dans la même harmonie dont les Maîtres mots seront écoute et partage. Les ingrédients qui forment ce charme vont agir tous ensemble pour amener douceur, bonheur et préserver une bonne entente. Que le partage et l'amour familial règne entre tous. Je le veux, c'est ma volonté, qu'il en soit ainsi !

Faites cuire au four à 180° pendant 30 min.

Flan de légumes

<u>Utilisation magique</u> : Favoriser l'abondance
<u>Ingrédients :</u>
365g de carottes
220g de blancs de poireaux
1 courgette
25cl de lait
2 cuillères à soupe de crème fraîche
100g de gruyère râpé
30g de semoule de blé
3 œufs
19g de beurre
4 pincées de basilic
Sel, poivre

Préchauffez votre four sur 200°. Epluchez et lavez les légumes en disant :
O Terre sacrée, qui produit et reproduit tout sans qui rien ne peut naître ni mûrir, accorde ce que je demande, mets dans ces herbes que tu crées les vertus bienfaisantes et magiques. Et toi, herbe puissante, sois donc propice, bénéfique, bienfaisante et permet moi d'utiliser tes bienfaits à bon escient. Merci Terre Mère, je te salue. Merci Plante, je te salue.
Emincez les blancs de poireaux, les carottes et la courgette au robot (mixeur).
Beurrez le fond d'un moule rond de 20cm de diamètre en disant :
Par les Sceaux sacrés, je me relie aux Puissances de l'Univers et aux Forces Divines afin que cette préparation

ait le pouvoir d'aimanter la réussite. La Corne d'Abondance déverse sur ceux qui mangeront ses mille cadeaux, ses milles bienfaits, sous toutes leurs formes. Je le veux, c'est ma volonté, qu'il en soit ainsi !

Dans un saladier, mélangez la semoule, le gruyère râpé, le lait, les œufs, la crème, le basilic, sel, poivre et versez sur les légumes.

Versez dans le moule en disant :

Vous, les Anges du Ciel qui connaissez tous les mystères, accompagnez-moi aujourd'hui. Dieu de Lumière, protégez-moi aujourd'hui. Que mon Chaudron Sacré bouillonne de vie et d'Amour, que le Feu emplisse ma préparation de passion, que l'Eau insuffle l'Amour, que l'Air souffle la Paix, que la Terre densifie, mélange et lie Passion, Amour et Paix. Que l'Esprit soit avec moi. Qu'il en soit ainsi.

Enfournez pour 50 mn.

Flan de tomates au chèvre

<u>Utilisation magique</u> : Favoriser la réussite
<u>Ingrédients :</u>
2 œufs
25cl de lait
4 tomates
120g de fromage de chèvre frais
4 pincées d'Origan
3 pincées de noix de muscade
Sel

Préchauffez votre four sur 180°. Lavez les tomates, coupez-les en rondelles et disposez-les dans un plat à four en disant :
O Terre sacrée, qui produit et reproduit tout sans qui rien ne peut naître ni mûrir, accorde ce que je demande, mets dans ces herbes que tu crées les vertus bienfaisantes et magiques. Et toi, herbe puissante, sois donc propice, bénéfique, bienfaisante et permet moi d'utiliser tes bienfaits à bon escient. Merci Terre Mère, je te salue. Merci Plante, je te salue.
Coupez le fromage de chèvre en morceaux que vous répartissez sur les tomates. Dans un bol, battez les œufs en omelette et ajoutez le lait peu à peu, sel et noix de muscade. Versez dans le plat en disant :
Vous, les Anges du Ciel qui connaissez tous les mystères, accompagnez-moi aujourd'hui. Dieu de Lumière, protégez-moi aujourd'hui. Que mon Chaudron Sacré bouillonne de vie et d'Amour, que le Feu emplisse ma préparation de passion, que l'Eau insuffle l'Amour, que

l'Air souffle la Paix, que la Terre densifie, mélange et lie Passion, Amour et Paix. Que l'Esprit soit avec moi. Qu'il en soit ainsi.

Saupoudrez d'origan en disant :

Au nom des Puissances Supérieures, que la Force et la Puissance Divine descendent dans cette préparation afin qu'elle puisse favoriser la réussite de mes demandes qui sont… Je le veux, c'est ma volonté, qu'il en soit ainsi !

Légumes sautés à l'orientale

<u>Utilisation magique</u> : Puissance et protection
<u>Ingrédients :</u>
3 de chaque : carottes, échalotes, asperges vertes, asperges blanches
100g de germes de soja
1 cuillère à soupe de fécule de pommes de terre, de vinaigre balsamique, d'eau avec un bouillon Kub'or, de sauce soja, d'huile d'olive
1 cuillère à café de gingembre moulu
5 pincées de coriandre fraîche ou surgelée

Epluchez, lavez et détaillez les légumes (sauf le soja) en petits bâtonnets. Réservez les têtes des asperges et en disant :
O Terre sacrée, qui produit et reproduit tout sans qui rien ne peut naître ni mûrir, accorde ce que je demande, mets dans ces herbes que tu crées les vertus bienfaisantes et magiques. Et toi, herbe puissante, sois donc propice, bénéfique, bienfaisante et permet moi d'utiliser tes bienfaits à bon escient. Merci Terre Mère, je te salue. Merci Plante, je te salue.
Faites chauffer l'huile dans le chaudron et faites cuire les légumes sur feu vif d'abord, puis sur feu doux sans couvrir pendant 15 mn en disant :
Vous, les Anges du Ciel qui connaissez tous les mystères, accompagnez-moi aujourd'hui. Dieu de Lumière, protégez-moi aujourd'hui. Que mon Chaudron Sacré bouillonne de vie et d'Amour, que le Feu emplisse ma préparation de passion, que l'Eau insuffle l'Amour, que

l'Air souffle la Paix, que la Terre densifie, mélange et lie Passion, Amour et Paix. Que l'Esprit soit avec moi. Qu'il en soit ainsi.

Faites un mélange fécule de pommes de terre, vinaigre, bouillon de légumes, sauce soja, versez sur les légumes, dites

Par la puissance de ces aliments, j'invoque les forces divines à m'assurer protection.

Laissez cuire 5 bonnes mn, saupoudrez de coriandre ciselée.

Petits pois à la paysanne

<u>Utilisation magique</u> : Attirer l'amour
<u>Ingrédients :</u>
1kg de petits pois
1 petite laitue
3 carottes
2 oignons rosés de Bretagne ou 4 oignons blancs
1 cuillère à soupe rase de farine
1 branche de thym et 8 pincées de sarriette
Sel, poivre

Ecossez les petits pois, épluchez les oignons et la laitue, grattez les carottes et coupez-les en rondelles, lavez les légumes en disant :

O Terre sacrée, qui produit et reproduit tout sans qui rien ne peut naître ni mûrir, accorde ce que je demande, mets dans ces herbes que tu crées les vertus bienfaisantes et magiques. Et toi, herbe puissante, sois donc propice, bénéfique, bienfaisante et permet moi d'utiliser tes bienfaits à bon escient. Merci Terre Mère, je te salue. Merci Plante, je te salue.

Dans votre chaudron, faites fondre 30g de beurre, ajoutez une cuillère à soupe rase de farine. Mélangez et versez les légumes, thym et sarriette, en disant :

Je révèle le pouvoir magique de ces plantes, symboles de notre amour et de notre passion. Que le pouvoir de Vénus pénètre ce mélange pour qu'il prenne force et devienne agissant. Je le veux, c'est ma volonté, qu'il en soit ainsi !

Recouvrez d'eau froide, salez et poivrez. Remuez jusqu'à ébullition, couvrez et laissez cuire 45 mn en disant :

Vous, les Anges du Ciel qui connaissez tous les mystères, accompagnez-moi aujourd'hui. Dieu de Lumière, protégez-moi aujourd'hui. Que mon Chaudron Sacré bouillonne de vie et d'Amour, que le Feu emplisse ma préparation de passion, que l'Eau insuffle l'Amour, que l'Air souffle la Paix, que la Terre densifie, mélange et lie Passion, Amour et Paix. Que l'Esprit soit avec moi. Qu'il en soit ainsi.

Poêlée de pennes aux légumes et basilic

<u>Utilisation magique</u> : Favoriser la réussite notamment financière et parentale

<u>Ingrédients :</u>

100g de penne

10 tomates cerise

1 aubergine

1 petit oignon

10 feuilles de basilic

1 cuillère à soupe d'huile d'olive

1 cuillère à café de fond de volaille (Maggi)

Variante pour un plat complet : 2 escalopes (veau, poulet ou dinde)

Sel, poivre

Emincez l'oignon (et les escalopes si vous avez choisi la variante plat complet), lavez et coupez les tomates en deux et l'aubergine en dés en disant :

O Terre sacrée, qui produit et reproduit tout sans qui rien ne peut naître ni mûrir, accorde ce que je demande, mets dans ces herbes que tu crées les vertus bienfaisantes et magiques. Et toi, herbe puissante, sois donc propice, bénéfique, bienfaisante et permet moi d'utiliser tes bienfaits à bon escient. Merci Terre Mère, je te salue. Merci Plante, je te salue.

Dans le chaudron faites cuire les pâtes 10 mn dans de l'eau salée. Egouttez et réservez.

Dans le chaudron remettez l'huile, et faites revenir l'aubergine et l'oignon pendant 10 mn en disant : :

Vous, les Anges du Ciel qui connaissez tous les mystères, accompagnez-moi aujourd'hui. Dieu de Lumière, protégez-moi aujourd'hui. Que mon Chaudron Sacré bouillonne de vie et d'Amour, que le Feu emplisse ma préparation de passion, que l'Eau insuffle l'Amour, que l'Air souffle la Paix, que la Terre densifie, mélange et lie Passion, Amour et Paix. Que l'Esprit soit avec moi. Qu'il en soit ainsi.

Réservez. Ajoutez les tomates dans le chaudron, (si variante plat complet, la viande) et faites sauter sur feu vif.

Enfin, mélangez tous les ingrédients dans la poêle et saupoudrez du fond de volaille, poivre. Faites sauter sur feu vif en disant :

Au nom des Puissances Supérieures, que la Force et la Puissance Divine descendent dans cette préparation afin qu'elle puisse me protéger et favoriser la réussite de mes demandes qui sont… Je le veux, c'est ma volonté, qu'il en soit ainsi !

Parsemez de basilic haché ou ciselé, mélangez et servez aussitôt.

Pommes de terre au four à la Tomme

<u>Utilisation magique</u> : Protection
<u>Ingrédients :</u>
500g de pommes de terre
333g de tomme de Savoie (ou de bon fromage à raclette)
8 cuillères à café de vin blanc sec (type Sauvignon)
8g d'ail
½ litre d'eau et un Kub'Or
Sel, poivre

Allumez votre four sur 250°. Faites bouillir de l'eau salée dans le chaudron. Epluchez les pommes de terre, lavez-les en disant :
O Terre sacrée, qui produit et reproduit tout sans qui rien ne peut naître ni mûrir, accorde ce que je demande, mets dans ces herbes que tu crées les vertus bienfaisantes et magiques. Et toi, herbe puissante, sois donc propice, bénéfique, bienfaisante et permet moi d'utiliser tes bienfaits à bon escient. Merci Terre Mère, je te salue. Merci Plante, je te salue.
Faites-les cuire environ 20/25 mn. Pendant ce temps, faites fondre la Tomme avec le vin blanc dans une petite casserole en disant :
Vous, les Anges du Ciel qui connaissez tous les mystères, accompagnez-moi aujourd'hui. Dieu de Lumière, protégez-moi aujourd'hui. Que mon Chaudron Sacré bouillonne de vie et d'Amour, que le Feu emplisse ma préparation de passion, que l'Eau insuffle l'Amour, que l'Air souffle la Paix, que la Terre densifie, mélange et lie

Passion, Amour et Paix. Que l'Esprit soit avec moi. Qu'il en soit ainsi.

Ajoutez l'ail haché et le poivre. Egouttez les pommes de terre, coupez-les en rondelles et disposez-les dans un plat à four. Nappez de la Tomme, dites :

Par la puissance de ces aliments, j'invoque les forces divines, à m'assurer protection. Qu'il en soit ainsi, ici et maintenant.

Mettez au four sous le gril pendant 5 minutes.

Pommes de terre à l'ail et à la crème

Utilisation magique : Protection
Ingrédients :
1Kg de pommes de terre (Rosa ou fermes à la cuisson)
4 gousses d'ail
10 branches de basilic
2 cuillères à soupe de beurre
5 pincées de noix de muscade râpée
300g de crème fraîche
Sel, poivre

Epluchez, lavez les pommes de terre et taillez-les en fines rondelles, en disant :
O Terre sacrée, qui produit et reproduit tout sans qui rien ne peut naître ni mûrir, accorde ce que je demande, mets dans ces herbes que tu crées les vertus bienfaisantes et magiques. Et toi, herbe puissante, sois donc propice, bénéfique, bienfaisante et permet moi d'utiliser tes bienfaits à bon escient. Merci Terre Mère, je te salue. Merci Plante, je te salue.
Hachez l'ail et ciselez les ¾ du basilic en disant :
Par la puissance de ces aliments, j'invoque les forces divines, à m'assurer protection. Qu'il en soit ainsi.
Chauffez le beurre dans le chaudron et faites dorer les pommes de terre. Mélangez sel, poivre, noix de muscade avec la crème fraîche, ajouter l'ail. Versez le tout sur les pommes de terre en disant :
Vous, les Anges du Ciel qui connaissez tous les mystères, accompagnez-moi aujourd'hui. Dieu de Lumière, protégez-moi aujourd'hui. Que mon Chaudron Sacré

bouillonne de vie et d'Amour, que le Feu emplisse ma préparation de passion, que l'Eau insuffle l'Amour, que l'Air souffle la Paix, que la Terre densifie, mélange et lie Passion, Amour et Paix. Que l'Esprit soit avec moi. Qu'il en soit ainsi.

Laissez cuire 20/30 mn, en mélangeant doucement. Ajoutez le basilic ciselé et laissez fondre pendant 1 mn, décorez avec le basilic restant.

Pommes de terre en croûte de sel

<u>Utilisation magique</u> : Assurer la protection de la maison.

<u>Ingrédients :</u>

3 gousses d'ail

3 pincées de thym, de camomille, de sauge, de millepertuis, de poivre, feuilles de laurier

1kg de pommes de terre

8 tranches de jambon de Bayonne

228g de gros sel gris

1 œuf

288g de farine

15cl d'eau

37g de beurre ½ sel

Epluchez les pommes de terre, lavez-les en disant :

O Terre sacrée, qui produit et reproduit tout sans qui rien ne peut naître ni mûrir, accorde ce que je demande, mets dans ces herbes que tu crées les vertus bienfaisantes et magiques. Et toi, herbe puissante, sois donc propice, bénéfique, bienfaisante et permet moi d'utiliser tes bienfaits à bon escient. Merci Terre Mère, je te salue. Merci Plante, je te salue.

Jetez dans votre saladier toutes les herbes (multiple de 3), ajoutez le gros sel et la farine, l'eau et le blanc d'œuf. Dites, à chaque ingrédient :

XXX (ail, laurier, basilic...) protège, garde ma maison et tous ceux qui s'y trouvent.

Mettez les pommes de terre dans un plat à four et recouvrez avec le mélange en disant :

Vous, les Anges du Ciel qui connaissez tous les mystères, accompagnez-moi aujourd'hui. Dieu de Lumière, protégez-moi aujourd'hui. Que mon Chaudron Sacré bouillonne de vie et d'Amour, que le Feu emplisse ma préparation de passion, que l'Eau insuffle l'Amour, que l'Air souffle la Paix, que la Terre densifie, mélange et lie Passion, Amour et Paix. Que l'Esprit soit avec moi. Qu'il en soit ainsi.

Enfourner sur 180° et faire cuire environ 40 mn.

Ratatouille niçoise

<u>Utilisation magique</u> : Développer la spiritualité
<u>Ingrédients :</u>
2 gros oignons rosés de Bretagne
2 aubergines
2 courgettes
3 tomates
1 poivron
1 verre d'huile d'olive
2 gousses d'ail
9 pincées de thym
1 verre de riz
Sel, poivre

Lavez les légumes, épluchez et coupez les oignons en lamelles, coupez les aubergines, les courgettes, épinez les poivrons et coupez-les en disant :
O Terre sacrée, qui produit et reproduit tout sans qui rien ne peut naître ni mûrir, accorde ce que je demande, mets dans ces herbes que tu crées les vertus bienfaisantes et magiques. Et toi, herbe puissante, sois donc propice, bénéfique, bienfaisante et permet moi d'utiliser tes bienfaits à bon escient. Merci Terre Mère, je te salue. Merci Plante, je te salue.
Faites bouillir une casserole d'eau et plongez les tomates pendant 2 mn pour les épluchez ensuite facilement, coupez les en 4.
Dans votre chaudron, faites chauffez l'huile d'olive et jetez d'abord les oignons, puis les courgettes, enfin les aubergines, les tomates, les gousses d'ail, le thym, sel,

poivre (il est important de respecter l'ordre de mise au chaudron car deux légumes ont la particularité d'attacher au fond, les tomates et les aubergines) en disant :

Fais que mon rêve se réalise, ouvre la Porte de la Connaissance spirituelle. Je le veux, c'est ma volonté, qu'il en soit ainsi !

Couvrez et laissez mijoter à feu doux pendant 1 heure.

20mn avant la fin de la cuisson ajoutez le riz en disant :

Vous, les Anges du Ciel qui connaissez tous les mystères, accompagnez-moi aujourd'hui. Dieu de Lumière, protégez-moi aujourd'hui. Que mon Chaudron Sacré bouillonne de vie et d'Amour, que le Feu emplisse ma préparation de passion, que l'Eau insuffle l'Amour, que l'Air souffle la Paix, que la Terre densifie, mélange et lie Passion, Amour et Paix. Que l'Esprit soit avec moi. Qu'il en soit ainsi.

Tagliatelles de courgettes

<u>Utilisation magique</u> : Protection, protection, encore protection !
<u>Ingrédients :</u>
2 courgettes moyennes
3 cuillères à soupe d'huile d'olive
1 cuillère à soupe de concentré de tomates
7 pincées d'origan
Sel, poivre

Lavez les courgettes et faites de fines lamelles (en gardant la peau), à l'aide du couteau économe, tout autour en disant :
O Terre sacrée, qui produit et reproduit tout sans qui rien ne peut naître ni mûrir, accorde ce que je demande, mets dans ces herbes que tu crées les vertus bienfaisantes et magiques. Et toi, herbe puissante, sois donc propice, bénéfique, bienfaisante et permet moi d'utiliser tes bienfaits à bon escient. Merci Terre Mère, je te salue. Merci Plante, je te salue.
Faites chauffer l'huile dans le Chaudron et jetez les courgettes en disant :
Vous, les Anges du Ciel qui connaissez tous les mystères, accompagnez-moi aujourd'hui. Dieu de Lumière, protégez-moi aujourd'hui. Que mon Chaudron Sacré bouillonne de vie et d'Amour, que le Feu emplisse ma préparation de passion, que l'Eau insuffle l'Amour, que l'Air souffle la Paix, que la Terre densifie, mélange et lie Passion, Amour et Paix. Que l'Esprit soit avec moi. Qu'il en soit ainsi.

Faites sauter sur feu vif et ajoutez la petite boîte de concentré de tomates, l'origan, sel et poivre en disant :

Par ces herbes et cette flamme, je te révèle, Sainte Mère du Feu, afin que tu sois en ce lieu et que tu l'illumines de ta présence. Puisses-tu le libérer de toute négativité. Je le veux, c'est ma volonté, qu'il en soit ainsi !

Laissez bouillonner pendant 5 mn et dites :

Ces effluves purifient ce lieu, exorcisent ce lieu, toutes les forces nuisibles en sont chassées par la force et le bien. Je le veux, c'est ma volonté, qu'il en soit ainsi !

Tarte à l'oignon

<u>Utilisation magique</u> : Protection
<u>Ingrédients :</u>
1 pâte brisée
515g d'oignons
2 cuillères à soupe d'huile
25g de crème fraîche
4 œufs
Sel, poivre

Préchauffez votre four sur 180°. Epluchez les oignons en disant :
O Terre sacrée, qui produit et reproduit tout sans qui rien ne peut naître ni mûrir, accorde ce que je demande, mets dans ces herbes que tu crées les vertus bienfaisantes et magiques. Et toi, herbe puissante, sois donc propice, bénéfique, bienfaisante et permet moi d'utiliser tes bienfaits à bon escient. Merci Terre Mère, je te salue. Merci Plante, je te salue.
Etalez votre pâte dans le moule à tarte, piquez-la de la pointe d'une fourchette. Mettez un papier alu dans le fond et versez dessus du gros sel et faites cuire 15mn à blanc. Dans votre chaudron, faites chauffer l'huile et mettez-y les oignons à dorer en disant :
Vous, les Anges du Ciel qui connaissez tous les mystères, accompagnez-moi aujourd'hui. Dieu de Lumière, protégez-moi aujourd'hui. Que mon Chaudron Sacré bouillonne de vie et d'Amour, que le Feu emplisse ma préparation de passion, que l'Eau insuffle l'Amour, que l'Air souffle la Paix, que la Terre densifie, mélange et lie

Passion, Amour et Paix. Que l'Esprit soit avec moi. Qu'il en soit ainsi.

Battez les œufs, la crème, sel et poivre en omelette, dites :

Par la puissance de ces aliments, j'invoque les forces divines à m'assurer protection. Qu'il en soit ainsi, ici et maintenant.

Sortez votre fond de tarte et recouvrez le fond avec les oignons. Ajoutez le mélange œuf crème et faites cuire 35mn.

Tarte verte au fromage de chèvre

La noix de muscade et le sésame renforcent le pouvoir magique des épinards.

<u>Utilisation magique</u> : Haute protection et courage
<u>Ingrédients :</u>

1 pâte feuilletée ou brisée
669g d'épinards
1 échalote
30g de beurre
3 œufs
15cl de crème fraîche
4 crottins de fromages de chèvre (Chavignol par exemple)
1 pincée de noix de muscade
½ cuillère à café de graines de sésame
Sel

Préchauffez le four à 210°. Coupez les crottins en 2 dans le sens de l'épaisseur. Equeutez, lavez et égouttez les épinards, épluchez et ciselez l'échalote en disant :
O Terre sacrée, qui produit et reproduit tout sans qui rien ne peut naître ni mûrir, accorde ce que je demande, mets dans ces herbes que tu crées les vertus bienfaisantes et magiques. Et toi, herbe puissante, sois donc propice, bénéfique, bienfaisante et permet moi d'utiliser tes bienfaits à bon escient. Merci Terre Mère, je te salue. Merci Plante, je te salue.

Faites fondre le beurre dans une poêle et faites suer l'échalote sans lui faire prendre couleur (faire suer c'est faire fondre sans cuire et dorer, rendre l'eau contenue dans le légume en quelque sorte). Ajoutez les épinards et cuisez-les sur feu vif en remuant régulièrement, environ 7/8 mn. Puis, ajoutez sel, noix de muscade et graines de sésame, enlevez l'eau résiduelle (s'il y en a) en disant :

Vous, les Anges du Ciel qui connaissez tous les mystères, accompagnez-moi aujourd'hui. Dieu de Lumière, protégez-moi aujourd'hui. Que mon Chaudron Sacré bouillonne de vie et d'Amour, que le Feu emplisse ma préparation de passion, que l'Eau insuffle l'Amour, que l'Air souffle la Paix, que la Terre densifie, mélange et lie Passion, Amour et Paix. Que l'Esprit soit avec moi. Qu'il en soit ainsi.

Etalez votre pâte dans un moule à tarte.

Dans un saladier, mettez les œufs et la crème. Battez énergiquement au fouet et ajoutez les épinards égouttés en disant :

Fais que mon courage croisse en taille, qu'il me soit possible de vaincre toutes mes peurs, pour réaliser ce que je dois avec ardeur.

Versez sur la pâte et ajoutez vos minis crottins. Enfournez et cuire 25 à 30 mn, la surface doit être dorée.

Tian de pommes de terre

<u>Utilisation magique</u> : Aimanter la réussite et développer l'imaginaire des artistes.

<u>Ingrédients :</u>

1 kg de pommes de terre (salade, vapeur...)
500g de tomates
2 oignons rosés de Bretagne
12 tranches de bon fromage à raclette
2 cuillères à soupe d'huile d'olive
3 pincées de thym en poudre
3 pincées de Reine des Prés
9 pincées de fleurs de Jasmin (à défaut de millepertuis)
Sel, poivre

Préchauffez votre four sur gril 200°. Lavez les pommes de terre, en disant :

O Terre sacrée, qui produit et reproduit tout sans qui rien ne peut naître ni mûrir, accorde ce que je demande, mets dans ces herbes que tu crées les vertus bienfaisantes et magiques. Et toi, herbe puissante, sois donc propice, bénéfique, bienfaisante et permet moi d'utiliser tes bienfaits à bon escient. Merci Terre Mère, je te salue. Merci Plante, je te salue.

Mettez-les à cuire dans le chaudron dans de l'eau et une poignée de gros sel consacré. Lorsqu'elles sont cuites (vérifiez de la pointe d'un couteau), égouttez-les et épluchez-les. Coupez-les en rondelles et réservez. Mettez l'huile dans le fond d'un plat à four et étalez avec un papier absorbant. Coupez les tomates en rondelles. Epluchez et hachez les oignons.

Dans le plat à four mettez, en alternance, une couche de pommes de terre, une couche d'oignons hachés, une couche de tomates, saupoudrez de sel et de poivre, 4 tranches de fromage à raclette et saupoudrez d'une pincée de thym en poudre, d'une pincée de Reine des Prés et enfin de 3 pincées de jasmin.

A la première couche, dites :

Par les Sceaux sacrés, je me relie aux Puissances de l'Univers et aux Forces Divines afin que cette préparation ait le pouvoir d'aimanter la réussite et de développer mon imaginaire. La Corne d'Abondance déverse sur ceux qui mangeront ses mille cadeaux, ses milles bienfaits, sous toutes leurs formes. Je le veux, c'est ma volonté, qu'il en soit ainsi !

Continuez jusqu'à ce que le plat soit rempli (en principe vous avez 3 couches mais cela dépend de la taille de votre plat).

Enfournez en disant :

Vous, les Anges du Ciel qui connaissez tous les mystères, accompagnez-moi aujourd'hui. Dieu de Lumière, protégez-moi aujourd'hui. Que mon Chaudron Sacré bouillonne de vie et d'Amour, que le Feu emplisse ma préparation de passion, que l'Eau insuffle l'Amour, que l'Air souffle la Paix, que la Terre densifie, mélange et lie Passion, Amour et Paix. Que l'Esprit soit avec moi. Qu'il en soit ainsi.

Faites cuire pendant 20 à 30 mn (c'est cuit lorsque le fromage est fondu et gratiné).

Note :*La reine des prés se trouve en gélules à la pharmacie. Le jasmin est très cher alors je vous conseille tout bonnement de le cultiver.*

Vous pouvez remplacer le jasmin par du millepertuis (qui s'achète également en gélules). Le jasmin a la particularité (entre autres) d'attirer l'argent mais le millepertuis donne la force.

Tourte normande

Recette pour 6 personnes (ou 4 bons mangeurs)

Utilisation magique : Maintenir l'entente familiale

Ingrédients (pour 6 personnes) :

2 disques de pâte feuilletée

1 camembert au lait cru

365 g de châtaignes au naturel

1 gros oignon rose de Bretagne

1 pomme golden

20 cl de crème fraîche épaisse

1 gros œuf

Quelques poignées de salade roquette ou pissenlit

19 cerneaux de noix

21 pignons de pin

Beurre

Sucre

Foncez un moule à tarte avec le 1er disque de pâte, sur papier sulfurisé, laissez déborder la pâte. Préchauffez le four sur 210°.

Epluchez et émincez finement l'oignon et à ce moment dites :

O Terre sacrée, qui produit et reproduit tout sans qui rien ne peut naître ni mûrir, accorde ce que je demande, mets dans ces herbes que tu crées les vertus bienfaisantes et magiques. Et toi, herbe puissante, sois donc propice, bénéfique, bienfaisante et permet moi d'utiliser tes bienfaits à bon escient. Merci Terre Mère, je te salue. Merci Plante, je te salue.

Faites-le blondir dans un peu de beurre, saupoudrez de 4 pincées de sucre. Laissez tiédir. Répartissez l'oignon sur la pâte, ajoutez les châtaignes coupées en 4 gros morceaux ainsi que la pomme coupée en dés.

Battez l'œuf dans une terrine, ajoutez la crème et 2 bonnes poignées de roquette ciselée, assaisonnez. Répartissez cette préparation sur les châtaignes et dites :

Vous, les Anges du Ciel qui connaissez tous les mystères, accompagnez-moi aujourd'hui. Dieu de Lumière, protégez-moi aujourd'hui. Que mon Chaudron Sacré bouillonne de vie et d'Amour, que le Feu emplisse ma préparation de passion, que l'Eau insuffle l'Amour, que l'Air souffle la Paix, que la Terre densifie, mélange et lie Passion, Amour et Paix. Que l'Esprit soit avec moi. Qu'il en soit ainsi.

Parsemez des pignons (entiers) et des cerneaux de noix concassés. Coupez le camembert en lamelles de 0,5 cm d'épaisseur puis recouvrez la tarte. Fermer la tourte en soudant le 2ème disque plus petit sur le 1er qui dépasse et le recouvre (humectez les bords pour faire adhérer) et dites :

Lorsque nous serons rassemblés autour de cette nourriture d'abondance, nous serons tous dans la même douceur, dans la même harmonie dont les Maîtres mots seront écoute et partage. Les ingrédients qui forment ce charme vont agir tous ensemble pour amener douceur, bonheur et préserver une bonne entente. Que le partage et l'amour familial règne entre tous. Je le veux, c'est ma volonté, qu'il en soit ainsi !

Dorez la tourte à l'œuf avec votre pinceau et faites quelques petits trous avec la pointe de votre couteau de façon à ce qu'elle ne gonfle pas trop. Enfournez 35/40 mn, la pâte doit être bien dorée. Servir tiède (car la tourte n'attend pas, ce sont les invités qui attendent, la crème de camembert redevient consistante) accompagnée d'une salade de pissenlit ou de roquette.

Truffade du Cantal

<u>Utilisation magique</u> : Amour - Protection et renforcement.

<u>Ingrédients :</u>
1Kg de pommes de terre
200g de lardons
444g de tome de Cantal fraîche
5 pincées de noix de muscade
Sel

Epluchez et lavez les pommes de terre en disant :
O Terre sacrée, qui produit et reproduit tout sans qui rien ne peut naître ni mûrir, accorde ce que je demande, mets dans ces herbes que tu crées les vertus bienfaisantes et magiques. Et toi, herbe puissante, sois donc propice, bénéfique, bienfaisante et permet moi d'utiliser tes bienfaits à bon escient. Merci Terre Mère, je te salue. Merci Plante, je te salue.
Emincez-les en fines rondelles et faites-les cuire 1 heure à l'étouffée, ajoutez peu de sel et 5 pincées de noix de muscade, un fond d'eau au fur et à mesure en disant :
Vous, les Anges du Ciel qui connaissez tous les mystères, accompagnez-moi aujourd'hui. Dieu de Lumière, protégez-moi aujourd'hui. Que mon Chaudron Sacré bouillonne de vie et d'Amour, que le Feu emplisse ma préparation de passion, que l'Eau insuffle l'Amour, que l'Air souffle la Paix, que la Terre densifie, mélange et lie Passion, Amour et Paix. Que l'Esprit soit avec moi. Qu'il en soit ainsi.

Ajoutez les lardons et recouvrez de tome coupée en dés en disant :

Je révèle le pouvoir magique de ces plantes. Que le pouvoir de la Mère pénètre ce mélange pour qu'il prenne force et devienne agissant. Par l'Ange d'amour qui est plus fort que la raison, que notre amour traverse le temps et se fortifie sur tous les plans. Que les forces divines bénissent notre union. Je le veux, c'est ma volonté, qu'il en soit ainsi !

Laissez cuire 15 mn et remuez jusqu'à ce que le mélange file.

Desserts
Beignets

<u>Utilisation magique</u> : Favoriser la réussite.
<u>Ingrédients (pour une quinzaine de beignets)</u> :
1 cuillère à café de sel
2 cuillères à soupe de sucre
1/4 de litre de lait
153 g de farine
73 g de beurre
4 œufs
3 pincées de cannelle

Mettez l'huile à chauffer.
Dans le chaudron, faites bouillir le lait avec le sel, le sucre, le beurre, la cannelle. Jetez la farine d'un seul coup et remuez jusqu'à ce que la pâte se détache du chaudron et de la spatule. Otez le chaudron de la plaque ou du feu.
Ajoutez les œufs, un à un, en battant énergiquement au fur et à mesure de l'ajout, de façon à ce qu'ils s'incorporent parfaitement, en disant :
Au nom des Puissances Supérieures, que la Force et la Puissance Divine descendent dans cette préparation afin qu'elle puisse me protéger et favoriser la réussite de mes demandes qui sont… C'est ma volonté, qu'il en soit ainsi !
Lorsque l'huile est chaude, à l'aide de 2 petites cuillères, former des boules que vous mettez délicatement dans l'huile pour éviter les projections, dites :

Vous, les Anges du Ciel qui connaissez tous les mystères, accompagnez-moi aujourd'hui. Dieu de Lumière, protégez-moi aujourd'hui. Que mon Chaudron Sacré bouillonne de vie et d'Amour, que le Feu emplisse ma préparation de passion, que l'Eau insuffle l'Amour, que l'Air souffle la Paix, que la Terre densifie, mélange et lie Passion, Amour et Paix. Que l'Esprit soit avec moi. Qu'il en soit ainsi.

Beignets au fromage

Pour l'apéritif ou le fromage, cette recette tout droit venue du Moyen-âge.

<u>Utilisation magique</u> : Maintenir l'entente familiale
<u>Ingrédients :</u>
180g de parmesan (se réalise aussi avec de la mimolette ½ vieille)
144g de farine
3/4 de verre de lait (15cl)
1 cuillère à soupe de vin blanc
1 œuf
½ cuillère à soupe d'huile
½ cuillère à café de sel
Huile (friteuse)

Préparez la pâte à beignet une heure avant l'utilisation. Mettez la farine dans le saladier magique, cassez l'œuf au centre, ajoutez l'huile et la pincée de sel. Mélangez et incorporez peu à peu le lait en disant :
O Terre sacrée, qui produit et reproduit tout sans qui rien ne peut naître ni mûrir, accorde ce que je demande, mets dans ces herbes que tu crées les vertus bienfaisantes et magiques. Et toi, herbe puissante, sois donc propice, bénéfique, bienfaisante et permet moi d'utiliser tes bienfaits à bon escient. Merci Terre Mère, je te salue. Merci Plante, je te salue.
Versez le vin blanc et mélangez encore. Laissez reposer la pâte (à température ambiante, sous un torchon – pour la poussière). 10mn avant la cuisson, faites chauffer

votre friteuse. Coupez le fromage en carrés et trempez-les dans la pâte à beignet, puis dans le bain de friture frémissant mais non fumant en disant :

Vous, les Anges du Ciel qui connaissez tous les mystères, accompagnez-moi aujourd'hui. Dieu de Lumière, protégez-moi aujourd'hui. Que mon Chaudron Sacré bouillonne de vie et d'Amour, que le Feu emplisse ma préparation de passion, que l'Eau insuffle l'Amour, que l'Air souffle la Paix, que la Terre densifie, mélange et lie Passion, Amour et Paix. Que l'Esprit soit avec moi. Qu'il en soit ainsi.

Lorsqu'ils sont dorés, retirez-les et mettez-les à éponger sur du papier absorbant. Ensuite, présentez-les sur un plat (vous pouvez réaliser une pyramide) en disant :

Lorsque nous serons rassemblés autour de cette nourriture d'abondance, nous serons tous dans la même douceur, dans la même harmonie dont les Maîtres mots seront écoute et partage. Les ingrédients qui forment ce charme vont agir tous ensemble pour amener douceur, bonheur et préserver une bonne entente. Que le partage et l'amour familial règne entre tous. Je le veux, c'est ma volonté, qu'il en soit ainsi !

Cake au carambar

Utilisation magique : Harmonie familiale
Ingrédients :
3 œufs
153g de farine
153g de beurre
153g de sucre en poudre
24 carambars
100ml de lait
1 sachet de levure

Préchauffez le four à 180°. Dans le chaudron, faites fondre, sur feu doux, les carambars avec le beurre et le lait en disant :

Vous, les Anges du Ciel qui connaissez tous les mystères, accompagnez-moi aujourd'hui. Dieu de Lumière, protégez-moi aujourd'hui. Que mon Chaudron Sacré bouillonne de vie et d'Amour, que le Feu emplisse ma préparation de passion, que l'Eau insuffle l'Amour, que l'Air souffle la Paix, que la Terre densifie, mélange et lie Passion, Amour et Paix. Que l'Esprit soit avec moi. Qu'il en soit ainsi.

Dans un saladier, mélangez la farine, la levure, le sucre, les œufs et la vanille. Incorporez ensuite le contenu de la casserole. La pâte obtenue doit être bien lisse.

Transvasez dans un moule à cake beurré en disant :

Lorsque nous serons rassemblés autour de cette nourriture d'abondance, nous serons dans la même douceur, dans la même harmonie dont les Maîtres mots seront écoute et partage. Les ingrédients qui forment ce charme vont agir tous ensemble pour amener douceur et bonheur. Que le partage et l'amour familial règne. Je le veux, c'est ma volonté, qu'il en soit ainsi !

Enfournez et faites cuire pendant 45 mn. Démoulez sur une grille.

Crème anglaise au carambar

Ingrédients :
12 carambars
1/2 litre de lait
4 jaunes d'œufs

Dans le chaudron, faites fondre les carambars dans le lait, sur feu doux. Remuez de temps en temps.

Dans un bol, battez les jaunes d'œufs au fouet et ajoutez peu à peu le lait tiède au carambar. Versez ensuite le tout dans le chaudron et mélangez à feu doux pendant 4mn au fouet (ne pas faire bouillir). Versez dans un saladier pour faire refroidir.

Servez le cake soit nappé de la crème, soit avec un ramequin de sauce.

Chocolat fondant aux amandes caramélisées

<u>Utilisation magique</u> : Réussir un examen

<u>Ingrédients :</u>

200g de chocolat à cuire noir

4 jaunes d'œufs

15 cl de lait + 3cl pour le caramel

1 cuillère à soupe de crème fraîche ou mascarpone

50g de sucre

20g d'amandes effilées

Préchauffez votre four sur 160°. Dans un saladier, cassez le chocolat en carré et ajoutez la crème et le lait en disant :

O Terre sacrée, qui produit et reproduit tout sans qui rien ne peut naître ni mûrir, accorde ce que je demande, mets dans ces herbes que tu crées les vertus bienfaisantes et magiques. Et toi, herbe puissante, sois donc propice, bénéfique, bienfaisante et permet moi d'utiliser tes bienfaits à bon escient. Merci Terre Mère, je te salue. Merci Plante, je te salue.

Faites chauffer 2 minutes au micro-ondes sur 650W. Mélangez. Dans un autre récipient, battez les jaunes d'œufs et ajoutez petit à petit la crème au chocolat en fouettant vigoureusement pour que les œufs ne cuisent pas en disant :

Vous, les Anges du Ciel qui connaissez tous les mystères, accompagnez-moi aujourd'hui. Dieu de Lumière, protégez-moi aujourd'hui. Que mon Chaudron Sacré bouillonne de vie et d'Amour, que le Feu emplisse ma

préparation de passion, que l'Eau insuffle l'Amour, que l'Air souffle la Paix, que la Terre densifie, mélange et lie Passion, Amour et Paix. Que l'Esprit soit avec moi. Qu'il en soit ainsi.

Répartissez la préparation dans des ramequins et faites cuire 15 mn au four.

Dans une poêle, faites caraméliser le sucre et lorsqu'il est doré, l'éteindre avec les 3cl de lait. Mélangez énergiquement puis ajoutez les amandes en disant :

Mère d'Abondance, je vous invoque et vous honore pour m'apporter réussite, chance, abondance et prospérité. Je le veux, qu'il en soit ainsi !

Posez une cuillère à soupe d'amandes caramélisées au centre de la crème. Réservez à température ambiante jusqu'au repas.

Clafoutis aux figues et aux amandes

Utilisation magique :
Par sa composition (ingrédients) et les rythmes indiqués par les nombre, cette préparation s'utilise pour demander une renaissance psychique, faciliter le travail Mental et intellectuel (magique), amener la paix et le calme dans une maison. Evidemment, tout ce qui favorise la renaissance, favorise également la prospérité.

Ingrédients :
- 10 figues fraîches (vous pouvez également utiliser des figues surgelées mais dans ce cas, il faut impérativement les faire décongeler totalement et ne pas utiliser le jus rendu)
- 90g de poudre d'amande
- 60g de farine
- 120g de sucre
- 4 œufs
- 515ml de lait
- 1 pincée de sel fin
- 1 noix de beurre
- 21 amandes effilées
- 3 pincées de Valériane (se trouve aussi en gélules)

Préchauffez votre four sur 180°. Epluchez les figues, lavez-les et égouttez-les. Dans une terrine, mélangez farine, poudre d'amande, sucre en poudre, sel en disant : *Vous, les Anges du Ciel qui connaissez tous les mystères, accompagnez-moi aujourd'hui. Dieu de Lumière, protégez-moi aujourd'hui. Que mon Chaudron Sacré bouillonne de vie et d'Amour, que le Feu emplisse ma*

préparation de passion, que l'Eau insuffle l'Amour, que l'Air souffle la Paix, que la Terre densifie, mélange et lie Passion, Amour et Paix. Que l'Esprit soit avec moi. Qu'il en soit ainsi.

Incorporez peu à peu les œufs entiers et le lait froid. Ajoutez ensuite les 3 pincées de fleurs de valériane en disant :

Au nom des Puissances Supérieures, que la Force et la Puissance Divine descendent dans cette préparation afin qu'elle puisse me protéger et favoriser la réussite de mes demandes qui sont que la paix règne sur cette maison et ses occupants. Je le veux, c'est ma volonté, qu'il en soit ainsi !

Beurrez votre moule, disposez les figues dans le fond et versez la préparation. Enfournez et laissez cuire 30 mn, puis baissez la température de votre four à 160°, parsemez le clafoutis des amandes effilées et poursuivez la cuisson 15 mn.

Crème à la rose passion

Recette pour 2 personnes
<u>Utilisation magique</u> : Améliorer ses capacités amoureuses
<u>Ingrédients</u> :
½ litre de lait
30g de beurre
30g de farine
81g de sucre en poudre
2 œufs
50g de raisins de Corinthe
5 cuillères à soupe d'eau de rose
8 pincées de poudre de rose **rouge**

Faites tremper les raisins dans l'eau de rose en disant :
O Terre sacrée, qui produit et reproduit tout sans qui rien ne peut naître ni mûrir, accorde ce que je demande, mets dans ces herbes que tu crées les vertus bienfaisantes et magiques. Et toi, herbe puissante, sois donc propice, bénéfique, bienfaisante et permet moi d'utiliser tes bienfaits à bon escient. Merci Terre Mère, je te salue. Merci Plante, je te salue.
Préchauffez le four sur 180°.
Mettez le beurre à fondre dans le chaudron, ajoutez la farine. Quand le mélange commence à mousser, ajoutez le lait froid d'un seul coup et le sucre en poudre.
Remuez jusqu'à épaississement et laissez cuire pendant 5 mn sur feu doux en mélangeant et en disant :
Vous, les Anges du Ciel qui connaissez tous les mystères, accompagnez-moi aujourd'hui. Dieu de Lumière, protégez-moi aujourd'hui. Que mon Chaudron Sacré

bouillonne de vie et d'Amour, que le Feu emplisse ma préparation de passion, que l'Eau insuffle l'Amour, que l'Air souffle la Paix, que la Terre densifie, mélange et lie Passion, Amour et Paix. Que l'Esprit soit avec moi. Qu'il en soit ainsi.

Battez les œufs en omelette dans un grand bol. Ajoutez les raisins, l'eau de rose et les 8 pincées de poudre de rose rouge. Ajoutez quelques cuillères de crème très chaude.

Reversez le tout dans la casserole, sans cesser de mélanger et dites :

Du corps à l'esprit, et de l'âme à la chair, par ce rituel, je sens la chaleur des caresses qui mènent à l'extase et au plaisir. Mon corps se charge du goût de la jouissance et du partage de l'amour. Les énergies fusionnent de l'un à l'autre corps. Les mains se lèvent et ne font plus qu'une, par la Magie Sacrée. Je le veux, c'est ma volonté, qu'il en soit ainsi !

Versez dans des moules individuels et faites cuire à four moyen 30 mn environ.

Laissez refroidir environ 2 heures et mettez au réfrigérateur pour que la crème prenne en consistance.

Servez bien froid.

Attention

N'utilisez que les fleurs du jardin, celles du fleuriste étant traitées et impropres à la consommation, ce qui ne remet pas en cause leur beauté. Pour cette recette, ce sont les roses rouges qu'il convient d'employer, les roses roses sont destinées à l'amitié et les blanches... à la pureté !

Crème au citron meringuée

<u>Utilisation magique</u> : Faciliter la vie sociale, attirer des amis.

<u>Ingrédients :</u>
3 cuillères à soupe de maïzena
183g de sucre glace
1 citron
2 œufs
30g de beurre
2 cuillères à soupe de mascarpone

Vous pouvez réaliser les 3 premiers paragraphes, 2 heures avant le repas. Epluchez votre citron au couteau économe, mixez le zeste et pressez le fruit en disant :
O Terre sacrée, qui produit et reproduit tout sans qui rien ne peut naître ni mûrir, accorde ce que je demande, mets dans ces herbes que tu crées les vertus bienfaisantes et magiques. Et toi, herbe puissante, sois donc propice, bénéfique, bienfaisante et permet moi d'utiliser tes bienfaits à bon escient. Merci Terre Mère, je te salue. Merci Plante, je te salue.
Mélangez la maïzena et 110g de sucre puis délayez le tout dans une casserole avec 20cl d'eau froide (1 verre) et le jus du citron. Portez à ébullition et laissez frémir pendant 1mn, le temps de dire :
Vous, les Anges du Ciel qui connaissez tous les mystères, accompagnez-moi aujourd'hui. Dieu de Lumière, protégez-moi aujourd'hui. Que mon Chaudron Sacré bouillonne de vie et d'Amour, que le Feu emplisse ma préparation de passion, que l'Eau insuffle l'Amour, que

l'Air souffle la Paix, que la Terre densifie, mélange et lie Passion, Amour et Paix. Que l'Esprit soit avec moi. Qu'il en soit ainsi.

Retirez la casserole du feu et laissez tiédir avant d'ajouter le zeste de citron, le beurre, le mascarpone et enfin les jaunes d'œufs. Répartissez la crème au citron dans 4 ramequins et réservez au réfrigérateur.

Juste de passer au dessert, préchauffez votre four sur la fonction gril. Battez les blancs en neige ferme et versez le reste du sucre en fouettant. Répartissez sur les ramequins en disant :

Autant à l'intérieur qu'à l'extérieur, j'ouvre mon cœur et mes bras, j'écarte de moi les peurs et les doutes, repousse la tristesse. Ma démarche et mon appel sont purs. Que les événements se créent et nous rapprochent, comme cette crème va nous réunir et l'odeur vous amener à moi. Je le veux, c'est ma volonté, qu'il en soit ainsi !

Faites dorer les crèmes au four (sous le gril) pendant 3 mn.

Servez chaud de préférence.

Fondant de marrons au cacao

<u>Utilisation magique</u> : Favoriser la réussite
<u>Ingrédients</u> :
222g de marrons entiers au naturel
222g de fromage blanc
50g de sucre en poudre
3 cuillères à poudre de cacao non sucré
1 sachet de sucre vanillé

Egouttez et rincez les marrons en disant :
O Terre sacrée, qui produit et reproduit tout sans qui rien ne peut naître ni mûrir, accorde ce que je demande, mets dans ces herbes que tu crées les vertus bienfaisantes et magiques. Et toi, herbe puissante, sois donc propice, bénéfique, bienfaisante et permet moi d'utiliser tes bienfaits à bon escient. Merci Terre Mère, je te salue. Merci Plante, je te salue.
Mixez-les avec le fromage blanc, jusqu'à consistance d'une crème en disant :
Vous, les Anges du Ciel qui connaissez tous les mystères, accompagnez-moi aujourd'hui. Dieu de Lumière, protégez-moi aujourd'hui. Que mon Chaudron Sacré bouillonne de vie et d'Amour, que le Feu emplisse ma préparation de passion, que l'Eau insuffle l'Amour, que l'Air souffle la Paix, que la Terre densifie, mélange et lie Passion, Amour et Paix. Que l'Esprit soit avec moi. Qu'il en soit ainsi.
Ajoutez le sucre et le cacao, le sucre vanillé en disant :
Au nom des Puissances Supérieures, que la Force descende dans cette préparation afin qu'elle puisse

favoriser la réussite de mes demandes qui sont... Je le veux, c'est ma volonté, qu'il en soit ainsi !

Mettez au réfrigérateur et servez frais.

Galette des Rois

Pourquoi une galette des Rois ?

Jésus est venu pour tous les hommes, pas seulement pour les juifs mais aussi pour les étrangers, même s'ils font un drôle de métier : les mages étaient des astrologues, et les astrologues n'étaient pas bien vus de tout le monde. De plus, ceux là venaient de pays de l'Est qui avaient souvent fait souffrir les juifs (cf. bibliographie)

<u>Utilisation magique</u> : Dédiée particulièrement à la Mère.
<u>Ingrédients :</u>
Pâte feuilletée pour deux tartes (2)
120g de poudre d'amande
3 œufs
120g de sucre en poudre
120g de beurre mou
1 sachet de vanille en poudre
1 fève

Préchauffez le four sur 180°. Mettez la première pâte à tarte (ronde) dans votre moule. Travaillez le beurre mou et le sucre avec un fouet jusqu'à ce que le mélange soit homogène et mousseux. Ajoutez ensuite la poudre d'amande, 2 œufs et la vanille en disant :
O Terre sacrée, qui produit et reproduit tout sans qui rien ne peut naître ni mûrir, accorde ce que je demande, mets dans ces herbes que tu crées les vertus bienfaisantes et magiques. Et toi, herbe puissante, sois donc propice, bénéfique, bienfaisante et permet moi

d'utiliser tes bienfaits à bon escient. Merci Terre Mère, je te salue. Merci Plante, je te salue.

Garnissez le centre avec le mélange et étalez-le, ajoutez la fève. Recouvrez avec la seconde pâte feuilletée. Soudez les deux pâtes en pressant le tout puis retourner le bord en le pressant comme un ourlet. Marquez le bord avec les dents d'une fourchette. A l'aide d'un pinceau, badigeonnez la surface de la galette avec le dernier jaune d'œuf dilué dans un tout petit peu d'eau froide en disant :

Esprit de Mère, je te relie à ceux qui mangeront cette préparation afin qu'ils prennent ta force et ton invulnérabilité. C'est ma volonté, qu'il en soit ainsi !

Avec votre couteau, faites des croisillons sur la pâte et piquez légèrement afin d'éviter qu'elle ne gonfle et enfournez pour 40mn en disant :

Vous, les Anges du Ciel qui connaissez tous les mystères, accompagnez-moi aujourd'hui. Dieu de Lumière, protégez-moi aujourd'hui. Que mon Chaudron Sacré bouillonne de vie et d'Amour, que le Feu emplisse ma préparation de passion, que l'Eau insuffle l'Amour, que l'Air souffle la Paix, que la Terre densifie, mélange et lie Passion, Amour et Paix. Que l'Esprit soit avec moi. Qu'il en soit ainsi.

Gâteau au chocolat au micro-ondes

Tentez le gâteau aux 3 chocolats. Un de chaque saveur, les 3 empilés (noir, lait et blanc sur le dessus), le tout nappé d'une crème anglaise.

Recette pour 4 personnes
<u>Utilisation magique,</u>
Fonction du chocolat que vous choisissez :
- **noir**

Succès et victoire. Protection et purification. Guérison. Favorise le courage.
- **lait**

Protection, clarifie l'esprit. Protège et libère les attirances magiques, forcées. Délivre de la déprime, de la tristesse et apporte la joie.
- **blanc**

Pour toute utilisation où la douceur et le lien à la mère sont nécessaires.

<u>Ingrédients (par gâteau) :</u>
3 œufs
200g de chocolat (à cuire, noir, blanc ou au lait)
77g de beurre
50g de farine
77g de sucre
3 cuillères à soupe de lait

Faites fondre pendant 1mn 30 le chocolat avec le beurre et le lait en disant :

O Terre sacrée, qui produit et reproduit tout sans qui rien ne peut naître ni mûrir, accorde ce que je demande, mets dans ces herbes que tu crées les vertus bienfaisantes et magiques. Et toi, herbe puissante, sois donc propice, bénéfique, bienfaisante et permet moi d'utiliser tes bienfaits à bon escient. Merci Terre Mère, je te salue. Merci Plante, je te salue.

En mélangeant énergiquement, ajoutez ensuite la farine et le sucre, le beurre ramolli.

Battez les œufs en omelette dans un bol et ajoutez-les au mélange en disant :

- **Noir**

Fais que mon courage croisse en taille, qu'il me soit possible de vaincre toutes mes peurs pour réaliser ce que je dois avec ardeur. Je le veux, c'est ma volonté, qu'il en soit ainsi.

- **Lait**

Mère d'Abondance, je vous invoque et vous honore pour m'apporter richesse, abondance et prospérité chaque jour de ma vie. Je le veux, c'est ma volonté, qu'il en soit ainsi !

- **Blanc**

Mère, Toi qui veille sur moi, garde-moi des trois choses : De la rencontre des esprits mauvais, de la rencontre du diable, de la morsure de la trahison. Je le veux, c'est ma volonté, qu'il en soit ainsi.

Faites cuire 5mn30 au four micro-ondes et à ce moment, dites :

Vous, les Anges du Ciel qui connaissez tous les mystères, accompagnez-moi aujourd'hui. Dieu de Lumière, protégez-moi aujourd'hui. Que mon Chaudron Sacré

bouillonne de vie et d'Amour, que le Feu emplisse ma préparation de passion, que l'Eau insuffle l'Amour, que l'Air souffle la Paix, que la Terre densifie, mélange et lie Passion, Amour et Paix. Que l'Esprit soit avec moi. Qu'il en soit ainsi.

Gâteau au citron

Recette pour 6 personnes
Utilisation magique : Favoriser l'abondance
Ingrédients :
Ingrédients pour 6 personnes
200g de farine
250g de yaourt
288g de sucre
1 sachet de levure
3 œufs
3 citrons
1 noix de beurre

Préchauffez le four sur 150°. Beurrez un moule carré de 20cm de côté. Cassez les œufs en séparant les blancs des jaunes. Versez le yaourt dans un saladier, ajoutez 188g de sucre et mélangez au fouet pendant 2 mn pour que le sucre fonde. Incorporez les jaunes d'œuf un par un puis la farine et enfin la levure en remuant vigoureusement avec une cuillère en bois. Avec un couteau économe prélevez le zeste d'un citron et mixez-le (dans votre mixeur) en disant :
O Terre sacrée, qui produit et reproduit tout sans qui rien ne peut naître ni mûrir, accorde ce que je demande, mets dans ces herbes que tu crées les vertus bienfaisantes et magiques. Et toi, herbe puissante, sois donc propice, bénéfique, bienfaisante et permet moi d'utiliser tes bienfaits à bon escient. Merci Terre Mère, je te salue. Merci Plante, je te salue.

Ajoutez à la préparation. Saupoudrez les blancs d'une pincée de sel et battez-les en neige très ferme. Incorporez à la préparation délicatement (sans casser les blancs), versez dans le moule et enfournez. Laissez cuire 35 mn en disant :

Vous, les Anges du Ciel qui connaissez tous les mystères, accompagnez-moi aujourd'hui. Dieu de Lumière, protégez-moi aujourd'hui. Que mon Chaudron Sacré bouillonne de vie et d'Amour, que le Feu emplisse ma préparation de passion, que l'Eau insuffle l'Amour, que l'Air souffle la Paix, que la Terre densifie, mélange et lie Passion, Amour et Paix. Que l'Esprit soit avec moi. Qu'il en soit ainsi.

Préparation du sirop :

Prélevez avec le couteau économe les zestes des deux autres citrons, coupez les citrons en 2 et pressez-les.

Dans une casserole, ajoutez le jus, les zestes mixés, 100g de sucre et ½ litre d'eau en disant :

Par la Mère Divine et par les Sceaux sacrés, je me relie aux Puissances de l'Univers et aux Forces Divines afin que cette préparation ait le pouvoir d'aimanter la réussite. La Corne d'Abondance déverse sur ceux qui mangeront ses mille cadeaux, ses milles bienfaits, sous toutes leurs formes.

Je le veux, c'est ma volonté, qu'il en soit ainsi !

Portez à ébullition et laissez cuire 3 mn jusqu'à prendre la consistance d'un sirop. Réservez.

Lorsque le gâteau est cuit, démoulez-le sur un plat de service et laissez refroidir. Ensuite, piquez-le avec une aiguille (à tricoter) et arrosez-le avec le sirop. Faites l'opération plusieurs fois en récupérant le sirop qui aura traversé le gâteau dans le plat. L'idéal est de n'avoir que peu de sirop dans le fond du plat.

Laissez reposer 2 heures dans le bac à légumes du réfrigérateur avant de servir.

Gâteau au yaourt

<u>Utilisation magique</u> : Aimanter la réussite
<u>Ingrédients</u> :
2 yaourts nature
4 œufs
1 pot à yaourt d'huile
4 pots à yaourt de sucre
6 pots à yaourt de farine
2 sachets de levure et 2 sachet de sucre vanillé
2 pincées de sel
1 pomme (ou une petite boîte d'abricots au sirop égouttés)

Préchauffez le four sur 180°. Epluchez la pomme en disant :
O Terre sacrée, qui produit et reproduit tout sans qui rien ne peut naître ni mûrir, accorde ce que je demande, mets dans ces herbes que tu crées les vertus bienfaisantes et magiques. Et toi, herbe puissante, sois donc propice, bénéfique, bienfaisante et permet moi d'utiliser tes bienfaits à bon escient. Merci Terre Mère, je te salue. Merci Plante, je te salue.
Dans un saladier, battez les œufs en omelette. Ajoutez le sucre, battez de nouveau, ajoutez la farine, la levure, le sucre vanillé et le sel. Mélangez bien. Enfin, ajoutez l'huile et la pomme coupée en petits carrés en disant :
Par les Sceaux sacrés, je me relie aux Puissances de l'Univers afin que cette préparation ait le pouvoir d'aimanter la réussite. La Corne d'Abondance déverse

ses mille cadeaux, ses milles bienfaits, sous toutes leurs formes. Je le veux, c'est ma volonté, qu'il en soit ainsi !

Enfournez pendant 30 mn en disant :
Vous, les Anges du Ciel qui connaissez tous les mystères, accompagnez-moi aujourd'hui. Dieu de Lumière, protégez-moi aujourd'hui. Que mon Chaudron Sacré bouillonne de vie et d'Amour, que le Feu emplisse ma préparation de passion, que l'Eau insuffle l'Amour, que l'Air souffle la Paix, que la Terre densifie, mélange et lie Passion, Amour et Paix. Que l'Esprit soit avec moi. Qu'il en soit ainsi.

Gâteau aux pommes de Dame Cat

<u>Utilisation magique</u> :
C'est un gâteau qui chargé ainsi amène la Paix dans la maison, dans le foyer. Il apaise au sens plus large les tensions.

<u>Ingrédients :</u>
2 pommes
98g de beurre salé ou de beurre Saint-Hubert salé (ou équivalent)
4 œufs
144g de sucre
144g de farine
19 raisins secs
4 pincées de millepertuis (se trouve en gélules)
1 sachet de sucre vanillé
1 sachet de levure
1 pincée de sel

Préchauffez votre four à 180°. Epluchez et coupez vos deux pommes en carrés et à ce moment, dites :
O Terre sacrée, qui produit et reproduit tout sans qui rien ne peut naître ni mûrir, accorde ce que je demande, mets dans ces herbes que tu crées les vertus bienfaisantes et magiques. Et toi, herbe puissante, sois donc propice, bénéfique, bienfaisante et permet moi d'utiliser tes bienfaits à bon escient. Merci Terre Mère, je te salue. Merci Plante, je te salue.
Dans le saladier, au moyen de votre cuillère en bois, mélangez les œufs, le sucre, le millepertuis, ajoutez la

farine, la levure, le sel et enfin le sucre vanillé, en disant :

Lorsque nous serons rassemblés autour de cette nourriture d'abondance, nous serons tous dans la même douceur, dans la même harmonie dont les Maîtres mots seront écoute et partage. Les ingrédients qui forment ce charme vont agir tous ensemble pour amener douceur, bonheur et préserver une bonne entente. Que le partage et l'amour familial règne entre tous. Je le veux, c'est ma volonté, qu'il en soit ainsi !

Faites fondre le beurre au micro-onde et ajoutez-le à la préparation en disant :

Vous, les Anges du Ciel qui connaissez tous les mystères, accompagnez-moi aujourd'hui. Dieu de Lumière, protégez-moi aujourd'hui. Que mon Chaudron Sacré bouillonne de vie et d'Amour, que le Feu emplisse ma préparation de passion, que l'Eau insuffle l'Amour, que l'Air souffle la Paix, que la Terre densifie, mélange et lie Passion, Amour et Paix. Que l'Esprit soit avec moi. Qu'il en soit ainsi.

Beurrez votre moule et enfournez 30 mn pour un moule à gâteau rond, 40 minutes pour un moule à cake.

Mijotée de pommes et de figues

Une recette qui se décline en dessert ou en accompagnement de foie gras ou de volaille rôtie. A Noël, son foie gras et son accompagnement original !

Recette pour 2 personnes
Utilisation magique : Intensité amoureuse
Ingrédients :
3 figues fraîches (ou surgelées)
2 pommes
38g de beurre
2 cuillères à café de sucre vergeoise
1 citron
1 cuillère à soupe de sésame
(Sel, poivre si accompagnement de foie gras ou de volaille)

Epluchez les pommes et coupez-les en morceaux en disant :
O Terre sacrée, qui produit et reproduit tout sans qui rien ne peut naître ni mûrir, accorde ce que je demande, mets dans ces herbes que tu crées les vertus bienfaisantes et magiques. Et toi, herbe puissante, sois donc propice, bénéfique, bienfaisante et permet moi d'utiliser tes bienfaits à bon escient. Merci Terre Mère, je te salue. Merci Plante, je te salue.
Coupez les figues en 4 ou 6 selon leur grosseur (si ce n'est pas la saison, utilisez-les surgelées). Prélevez le zeste du citron, hachez-le et pressez le fruit. Faites fondre le beurre dans le chaudron en disant :

Vous, les Anges du Ciel qui connaissez tous les mystères, accompagnez-moi aujourd'hui. Dieu de Lumière, protégez-moi aujourd'hui. Que mon Chaudron Sacré bouillonne de vie et d'Amour, que le Feu emplisse ma préparation de passion, que l'Eau insuffle l'Amour, que l'Air souffle la Paix, que la Terre densifie, mélange et lie Passion, Amour et Paix. Que l'Esprit soit avec moi. Qu'il en soit ainsi.

Dès qu'il frémit, ajoutez les fruits, le zeste et le jus de citron, sucre (et s'il s'agit d'un accompagnement foie gras ou volaille, sel et poivre). Ajoutez 10cl d'eau et laissez cuire une quinzaine de mn en disant :

Les yeux de mon partenaire sont comme le soleil, ils brûlent d'amour pour moi, son corps est chaud comme la Terre, sa peau est douce comme la rosée et lorsque le moment sera là, nous ne ferons plus qu'un. O Vénus, Déesse de l'amour, fais que nous puissions partager un amour torride, fusionnel et puissant. Que nous puissions ensemble partager un amour fou et irrésistible. Je le veux, c'est ma volonté, qu'il en soit ainsi !

Au moment de servir, en coupelles, saupoudrez des graines de sésame.

Neuf(s) à la neige

<u>Utilisation magique</u> : recette et plat d'apaisement (particulièrement conseillé en cas de conflits familiaux), d'amour et éventuellement de sensualité. Favorise la famille et le renouvellement. Avec son titre recette d'accomplissement destiné aux Initiés.

<u>Ingrédients</u>
Crème anglaise :
½ litre de lait
4 jaunes d'œufs
7 cuillères à soupe de sucre en poudre + 75g pour le caramel
1 sachet de sucre vanillé
3 pincées de jasmin
1 pincée de Sel
Pour la neige :
4 blancs d'œuf
1 litre d'eau ou de lait

<u>Crème anglaise :</u>
Faites bouillir ½ litre de lait avec la pincée de sel et le sucre vanillé. Mettez les jaunes d'œufs dans une terrine avec le sucre, ajoutez le jasmin et travaillez le tout avec une cuillère en bois, jusqu'à ce que le mélange blanchisse.
Incorporez peu à peu le lait bouillant (faire très doucement au début) et en grattant le fond. Remettez à feu doux et mélangez jusqu'à ce que la crème nappe la cuillère. A ce moment, dites :

Vous, les Anges du Ciel qui connaissez tous les mystères, accompagnez-moi aujourd'hui. Dieu de Lumière, protégez-moi aujourd'hui. Que mon Chaudron Sacré bouillonne de vie et d'Amour, que le Feu emplisse ma préparation de passion, que l'Eau insuffle l'Amour, que l'Air souffle la Paix, que la Terre densifie, mélange et lie Passion, Amour et Paix. Que l'Esprit soit avec moi. Qu'il en soit ainsi.

Retirez du feu avant ébullition sinon la crème tournerait (si cela devait vous arriver, mixez-la avec un mixeur à soupe, cela enlève les grumeaux).

Garniture :

Mettez un litre d'eau ou de lait à bouillir (c'est meilleur avec le lait mais plus facile avec l'eau) et battez les blancs en neige très ferme en disant :

Lorsque nous serons rassemblés autour de cette nourriture d'abondance, nous serons tous dans la même douceur, dans la même harmonie dont les Maîtres mots seront écoute et partage. Les ingrédients qui forment ce charme vont agir tous ensemble pour amener douceur, bonheur et préserver une bonne entente. Que le partage et l'amour familial règne entre tous. Je le veux, c'est ma volonté, qu'il en soit ainsi !

Quand le liquide bouillonne, déposez-y des boules de blancs en neige à l'aide d'une cuillère à soupe (3/4 en même temps). Laissez cuire quelques secondes et retourner pour cuire l'autre face.

Egouttez-les et procédez au fur et à mesure de la même façon avec le reste des blancs.

Quand la crème anglaise est complètement refroidie, déposez les blancs dessus.

Dans une casserole, mettez 75g de sucre et 1 cuillère à soupe d'eau. Faites chauffer et laissez blondir de façon à obtenir un caramel que vous utiliserez pour décorer, en filet, votre plat.

Pets de nonne - Bugnes

<u>Utilisation magique</u> : Favoriser l'abondance
<u>Ingrédients :</u>
444g de farine
3 œufs
3 cuillères à soupe de sucre en poudre et sucre glace
1 sachet de levure
2 sachets de sucre vanillé
7 pincées de cannelle
25cl de lait
1 pincée de sel
73g de beurre fondu
1 zeste de citron

Avec un couteau économe, détaillez le zeste d'un citron en disant :
O Terre sacrée, qui produit et reproduit tout sans qui rien ne peut naître ni mûrir, accorde ce que je demande, mets dans ces herbes que tu crées les vertus bienfaisantes et magiques. Et toi, herbe puissante, sois donc propice, bénéfique, bienfaisante et permet moi d'utiliser tes bienfaits à bon escient. Merci Terre Mère, je te salue. Merci Plante, je te salue.
Mixer ensuite finement et réservez.
Dans le saladier mettez la farine, la pincée de sel, la levure, le sucre, le sucre vanillé et la cannelle. Ajouter l'œuf, le beurre fondu, le zeste de citron et le 1/2 verre de lait. Travaillez la pâte jusqu'à l'obtention d'une boule élastique.
Laisser reposer la pâte 1/2 heure. A ce moment, dites :

Au nom des Puissances Supérieures, que la Force et la Puissance Divine descendent dans cette préparation afin qu'elle puisse me protéger et favoriser la réussite de mes demandes qui sont... Je le veux, c'est ma volonté, qu'il en soit ainsi !

Farinez votre plan de travail et avec un rouleau à pâtisserie, étalez la pâte sur une épaisseur de 5 mm. Détailler en bandes de 3 cm sur 6 cm.

Plonger les pets de nonne (bugnes) dans la friture après avoir enlevé le surplus de farine en secouant et en disant :

Vous, les Anges du Ciel qui connaissez tous les mystères, accompagnez-moi aujourd'hui. Dieu de Lumière, protégez-moi aujourd'hui. Que mon Chaudron Sacré bouillonne de vie et d'Amour, que le Feu emplisse ma préparation de passion, que l'Eau insuffle l'Amour, que l'Air souffle la Paix, que la Terre densifie, mélange et lie Passion, Amour et Paix. Que l'Esprit soit avec moi. Qu'il en soit ainsi.

Les retourner 1 fois et les égoutter sur du papier absorbant. Ils sont cuits lorsqu'ils sont dorés.

Saupoudrer de sucre glace et servir chaud.

Poires Belle Hélène

<u>Utilisation magique</u> : Renforcer l'amour.
<u>Ingrédients :</u>
1 grosse boîte de poires au sirop
200g de chocolat noir
20g de chocolat blanc
1 paquet de glace à la vanille

Ouvrez la boîte de poires au sirop, égouttez les fruits en disant :
O Terre sacrée, qui produit et reproduit tout sans qui rien ne peut naître ni mûrir, accorde ce que je demande, mets dans ces herbes que tu crées les vertus bienfaisantes et magiques. Et toi, herbe puissante, sois donc propice, bénéfique, bienfaisante et permet moi d'utiliser tes bienfaits à bon escient. Merci Terre Mère, je te salue. Merci Plante, je te salue.
Cassez le chocolat noir dans un bol, ajoutez 3 cuillères à soupe de sirop de poires et faites-le fondre au four micro-ondes pendant 1mn 30 en disant :
Vous, les Anges du Ciel qui connaissez tous les mystères, accompagnez-moi aujourd'hui. Dieu de Lumière, protégez-moi aujourd'hui. Que mon Chaudron Sacré bouillonne de vie et d'Amour, que le Feu emplisse ma préparation de passion, que l'Eau insuffle l'Amour, que l'Air souffle la Paix, que la Terre densifie, mélange et lie Passion, Amour et Paix. Que l'Esprit soit avec moi. Qu'il en soit ainsi.

Dans 4 verres, mettez la valeur d'une poire, deux boules de glace à la vanille et arrosez de chocolat chaud en disant :

Je révèle le pouvoir magique de ces aliments, symboles de notre amour et de notre passion. Que le pouvoir de Vénus pénètre ce mélange pour qu'il prenne force et devienne agissant. Par l'Ange d'amour qui est plus fort que la raison que notre amour traverse le temps et se fortifie sur tous les plans. Que les forces divines bénissent notre union. Je le veux, c'est ma volonté, qu'il en soit ainsi !

Saupoudrez de copeaux de chocolat blanc et servez immédiatement.

Pommes de pin en chemise

<u>Utilisation magique</u> :
Harmonie, protection et paix dans la maison, solidarité entre les êtres qui partagent le dessert.

<u>Ingrédients</u> :
4 pommes (fruit) et 4 pommes de pin pour la déco
9 pignons de pin par papillote (36 au total)
59g de beurre salé
59g de sucre en poudre
½ tasse à café de crème fraîche
4 carrés de papier alu ou sulfurisé

Découpez 4 carrés de papier alu ou sulfurisé, épluchez les pommes, sans les couper et enlevez le cœur en disant :

O Terre sacrée, qui produit et reproduit tout sans qui rien ne peut naître ni mûrir, accorde ce que je demande, mets dans ces herbes que tu crées les vertus bienfaisantes et magiques. Et toi, herbe puissante, sois donc propice, bénéfique, bienfaisante et permet moi d'utiliser tes bienfaits à bon escient. Merci Terre Mère, je te salue. Merci Plante, je te salue.

Dans un ramequin mettez votre feuille de papier d'alu, la pomme, un petit peu de beurre dans le cœur et une cuillère à café de sucre en poudre. Ajoutez les pignons. Fermez les papillotes et mettez au four sur 180° pendant 30 mn.

Pendant ce temps, versez le sucre dans la casserole, dites :

Vous, les Anges du Ciel qui connaissez tous les mystères, accompagnez-moi aujourd'hui. Dieu de Lumière, protégez-moi aujourd'hui. Que mon Chaudron Sacré bouillonne de vie et d'Amour, que le Feu emplisse ma préparation de passion, que l'Eau insuffle l'Amour, que l'Air souffle la Paix, que la Terre densifie, mélange et lie Passion, Amour et Paix. Que l'Esprit soit avec moi. Qu'il en soit ainsi.

Faites cuire, sans mélanger, sur feu moyen/doux jusqu'à ce qu'il prenne couleur. Retirez du feu et ajoutez le beurre coupé en morceaux (faites attention aux projections) et la crème fraîche. Mélangez vigoureusement pour obtenir un caramel homogène (si vous deviez rater cette étape, mixez le caramel au mixeur pendant 2mn). Réservez.

Laissez reposer 7 minutes au sortir du four puis, ouvrez les papillotes en corolles et versez le caramel sur les pommes et les pignons en disant :

Lorsque nous serons rassemblés autour de cette nourriture d'abondance, nous serons tous dans la même douceur, dans la même harmonie dont les Maîtres mots seront écoute et partage. Les ingrédients qui forment ce charme vont agir tous ensemble pour amener douceur, bonheur et préserver une bonne entente. Que le partage et l'amour familial règne entre tous. Je le veux, c'est ma volonté, qu'il en soit ainsi !

4/4 aux framboises et à la rose

<u>Utilisation magique</u> : Protection.
<u>Ingrédients :</u>
250g de beurre
250g de sucre
250g de farine
4 gros œufs
1 sachet de levure sèche
10g de pétales de roses
100g de framboises

Sortez le beurre du réfrigérateur. Préchauffez votre four sur 180°. Casser les œufs dans le saladier en disant :
O Terre sacrée, qui produit et reproduit tout sans qui rien ne peut naître ni mûrir, accorde ce que je demande, mets dans ces herbes que tu crées les vertus bienfaisantes et magiques. Et toi, herbe puissante, sois donc propice, bénéfique, bienfaisante et permet moi d'utiliser tes bienfaits à bon escient. Merci Terre Mère, je te salue. Merci Plante, je te salue.
Ajoutez le sucre, le beurre ramolli, battez bien et ajoutez enfin la levure et la farine. Lavez et égouttez les framboises ainsi que les pétales de roses en disant :
Par la puissance de ces aliments, j'invoque les forces divines, à m'assurer protection. Qu'il en soit ainsi, ici et maintenant.
Incorporez au mélange beurrez un moule à cake et enfournez pour 45 minutes de cuisson en disant :
Vous, les Anges du Ciel qui connaissez tous les mystères, accompagnez-moi aujourd'hui. Dieu de Lumière,

protégez-moi aujourd'hui. Que mon Chaudron Sacré bouillonne de vie et d'Amour, que le Feu emplisse ma préparation de passion, que l'Eau insuffle l'Amour, que l'Air souffle la Paix, que la Terre densifie, mélange et lie Passion, Amour et Paix. Que l'Esprit soit avec moi. Qu'il en soit ainsi.

Sabayon aux fraises

<u>Utilisation magique</u> : Protéger son couple.
<u>Ingrédients :</u>
500g de fraises
4 œufs
82g de sucre
49g de sucre roux
12cl de champagne ou de vin doux blanc
16g de beurre

Lavez puis équeutez les fraises, coupez les plus grosses en disant :
O Terre sacrée, qui produit et reproduit tout sans qui rien ne peut naître ni mûrir, accorde ce que je demande, mets dans ces herbes que tu crées les vertus bienfaisantes et magiques. Et toi, herbe puissante, sois donc propice, bénéfique, bienfaisante et permet moi d'utiliser tes bienfaits à bon escient. Merci Terre Mère, je te salue. Merci Plante, je te salue.
Les disposer dans des ramequins. Dans un saladier, fouettez les jaunes d'œufs avec le sucre blanc. Mettre le saladier dans une casserole d'eau chaude ajoutez le beurre juste tiédi au four micro-ondes et continuez de fouetter en veillant que l'eau ne dépasse pas le stade du frémissement en disant :
Vous, les Anges du Ciel qui connaissez tous les mystères, accompagnez-moi aujourd'hui. Dieu de Lumière, protégez-moi aujourd'hui. Que mon Chaudron Sacré bouillonne de vie et d'Amour, que le Feu emplisse ma préparation de passion, que l'Eau insuffle l'Amour, que

l'Air souffle la Paix, que la Terre densifie, mélange et lie Passion, Amour et Paix. Que l'Esprit soit avec moi. Qu'il en soit ainsi.

Incorporez progressivement le champagne ou le vin liquoreux et continuer de fouetter en disant :

Je révèle le pouvoir magique de ce breuvage, symbole de notre amour et de notre passion. Que le pouvoir de Vénus pénètre ce mélange pour qu'il prenne force et devienne agissant. Par l'Ange d'amour qui est plus fort que la raison que notre amour traverse le temps et se fortifie sur tous les plans. Que les forces divines bénissent notre union. Je le veux, c'est ma volonté, qu'il en soit ainsi !

Le mélange doit épaissir et devenir mousseux. Montez les blancs en neige ferme (en ayant le soin d'incorporer une pincée de sel).

Enlevez le saladier de la casserole et incorporez petit à petit les blancs en neige délicatement. Laissez tiédir le sabayon. Versez sur les fraises, saupoudrez de sucre roux puis passez 2mn sous le gril du four.

Liez votre préparation à la Mère Divine en la bénissant (comme indiqué en page 11) et servez immédiatement.

Tarte amandine aux abricots

Recette pour 6 personnes
<u>Utilisation magique</u> : Apaiser les coléreux ou les mauvais caractères.
<u>Ingrédients :</u>
Pâte brisée
½ pot d'abricots au sirop (ou 600g d'abricots frais lorsque c'est la saison)
144g de sucre en poudre (à réduire à 70g si vous utilisez des abricots en conserve)
3 œufs
144g de crème fraîche
100g de poudre d'amande
9 pincées de millepertuis
1 pincée de sel fin

Faites préchauffer votre four sur 180°. Etalez la pâte dans votre moule à tarte après l'avoir beurré. Si vous utilisez des abricots frais, lavez-les, coupez les en 2 et retirez les noyaux. Si vous les utilisez en conserve, égouttez-les bien en disant :
O Terre sacrée, qui produit et reproduit tout sans qui rien ne peut naître ni mûrir, accorde ce que je demande, mets dans ces herbes que tu crées les vertus bienfaisantes et magiques. Et toi, herbe puissante, sois donc propice, bénéfique, bienfaisante et permet moi d'utiliser tes bienfaits à bon escient. Merci Terre Mère, je te salue. Merci Plante, je te salue.
Garnissez le fond de votre tarte avec les fruits et saupoudrez de sucre (uniquement s'il s'agit des abricots

frais qui sont un peu acides). Dans un bol, cassez les œufs, ajoutez la crème, la poudre d'amande, le millepertuis, la pincée de sel fin et le reste du sucre. Battez vivement pour obtenir une poudre lisse en disant :

Par la Puissances des Quatre Eléments et les forces de la nature que contiennent ces ingrédients, que le feu de la colère s'apaise, que les relations retrouvent tranquillité et que l'harmonie soit. Que les miasmes et les larves de la discorde disparaissent. Que chacun retrouve raison par l'intermédiaire des Quatre Eléments et des Forces Divines. Je le veux, c'est ma volonté, qu'il en soit ainsi !

Versez sur les fruits. Enfournez en disant :

Vous, les Anges du Ciel qui connaissez tous les mystères, accompagnez-moi aujourd'hui. Dieu de Lumière, protégez-moi aujourd'hui. Que mon Chaudron Sacré bouillonne de vie et d'Amour, que le Feu emplisse ma préparation de passion, que l'Eau insuffle l'Amour, que l'Air souffle la Paix, que la Terre densifie, mélange et lie Passion, Amour et Paix. Que l'Esprit soit avec moi. Qu'il en soit ainsi.

Teurgoule

Utiliser un récipient de contenance 3l pour que la Teurgoule ne déborde pas.

Utilisation magique : Attirer la richesse
Ingrédients :
144g de riz rond
2l de lait
200g de sucre cassonade (environ 25 morceaux)
1 cuillère à café de cannelle (si vous aimez le goût vous pouvez en mettre jusqu'à 3)
1 cuillère à café de vanille en poudre
1 pincée de sel

Mettez le riz, le sucre et le lait froid dans la terrine, en disant :
Vous, les Anges du Ciel qui connaissez tous les mystères, accompagnez-moi aujourd'hui. Dieu de Lumière, protégez-moi aujourd'hui. Que mon Chaudron Sacré bouillonne de vie et d'Amour, que le Feu emplisse ma préparation de passion, que l'Eau insuffle l'Amour, que l'Air souffle la Paix, que la Terre densifie, mélange et lie Passion, Amour et Paix. Que l'Esprit soit avec moi. Qu'il en soit ainsi.
Puis ajoutez la vanille et la cannelle, mélangez en tournant dans le sens des aiguilles d'une montre en disant :
Par les Sceaux sacrés, je me relie aux Puissances de l'Univers et aux Forces Divines afin que cette préparation ait le pouvoir d'aimanter la réussite. La Corne

d'Abondance déverse   ses mille cadeaux, ses milles bienfaits, sous toutes leurs formes. Je le veux, c'est ma volonté, qu'il en soit ainsi !

Faites cuite la Teurgoule pendant 4 heures sur 150°.

Verrine de mousse de chocolat blanc aux fraises

Recette pour 8 verrines
Se prépare en 2 temps, la mousse 12h à l'avance, la présentation au moment du service.
<u>Utilisation magique :</u> Amour, amour et encore amour...
<u>Ingrédients :</u>
1 tablette de 180g de chocolat blanc à cuire
400g de fraises
200ml de crème fleurette
8 feuilles de menthe

Placez la crème dans un saladier au moins 1 heure au réfrigérateur. Faites fondre le chocolat cassé en morceaux dans le chaudron sur feu très doux en disant :
Vous, les Anges du Ciel qui connaissez tous les mystères, accompagnez-moi aujourd'hui. Dieu de Lumière, protégez-moi aujourd'hui. Que mon Chaudron Sacré bouillonne de vie et d'Amour, que le Feu emplisse ma préparation de passion, que l'Eau insuffle l'Amour, que l'Air souffle la Paix, que la Terre densifie, mélange et lie Passion, Amour et Paix. Que l'Esprit soit avec moi. Qu'il en soit ainsi.
Battez la crème fleurette en Chantilly ferme. Lorsque le chocolat est refroidi, mélangez avec la moitié de la crème fouettée jusqu'à l'obtention d'une texture homogène. Ajoutez ensuite délicatement le reste de la crème.
Répartissez la mousse dans des récipients transparents et placez 12 heures au réfrigérateur.

Avant le repas, lavez, équeutez puis coupez les fraises en dés et saupoudrez de sucre glace. Réservez. Au moment du service, répartissez sur la mousse en disant :

Autant à l'intérieur qu'à l'extérieur, j'ouvre mon cœur et mes bras, j'écarte de moi les peurs et les doutes, repousse la tristesse. Ma démarche et mon appel sont purs. Que les événements se créent et nous rapprochent. Comme cette huile, le souffle va nous réunir et l'odeur vous amener à moi. Je le veux, c'est ma volonté, qu'il en soit ainsi !

Décorez d'une feuille de menthe. Servez immédiatement.

Yaourts aux pommes et aux spéculos

Recette pour 8 yaourts
Utilisation magique : Protection de la Mère et réussite.
Ingrédients :
750g de lait entier
8 spéculos
40g de lait en poudre
1 yaourt nature
150g de sucre
1 cuillère à soupe d'eau
1 gousse de vanille
1 pomme golden

Epluchez la pomme en disant :
O Terre sacrée, qui produit et reproduit tout sans qui rien ne peut naître ni mûrir, accorde ce que je demande, mets dans ces herbes que tu crées les vertus bienfaisantes et magiques. Et toi, herbe puissante, sois donc propice, bénéfique, bienfaisante et permet moi d'utiliser tes bienfaits à bon escient. Merci Terre Mère, je te salue. Merci Plante, je te salue.
Mettez la moitié du sucre et l'eau dans le chaudron et faites chauffer sur feu moyen de façon à obtenir un caramel blond. A ce moment, coupez la pomme en petits carrés et laissez compoter pendant 5 bonnes mn en disant :
Vous, les Anges du Ciel qui connaissez tous les mystères, accompagnez-moi aujourd'hui. Dieu de Lumière, protégez-moi aujourd'hui. Que mon Chaudron Sacré bouillonne de vie et d'Amour, que le Feu emplisse ma

préparation de passion, que l'Eau insuffle l'Amour, que l'Air souffle la Paix, que la Terre densifie, mélange et lie Passion, Amour et Paix. Que l'Esprit soit avec moi. Qu'il en soit ainsi.

Répartissez les morceaux de pomme dans le fond des pots. Mélanger le yaourt, le lait, le lait en poudre et le reste du sucre en disant :

Au nom des Puissances Supérieures, que la Force et la Puissance de la Mère descendent dans cette préparation afin qu'elle puisse protéger et favoriser la réussite. Je le veux, c'est ma volonté, qu'il en soit ainsi !

Versez sur les pommes, laissez 1cm libre jusqu'au bord du pot. Mettez la yaourtière en marche.

Laissez fermenter 7 heures et ajoutez un spéculos par pot. La fermentation devra se prolonger une heure supplémentaire.

Mettez les yaourts 4 heures au réfrigérateur avant de les déguster.

Petits gâteaux
Biscuits de l'Avent

Traditionnellement, ces biscuits sont réalisés au moment de l'Avent qui commence 4 dimanches avant Noël. C'est le moment de réaliser les couronnes de bienvenue et d'allumer dimanche prochain la première bougie. Ils sont, en Magie, tout aussi adaptés pour cette période de Solstice d''été où le Soleil (notre étoile) illumine la Terre.

Utilisation magique :
Abondance (matérielle, affective/amour) et spirituelle
Ingrédients
- 4 blancs d'œufs
- 515 g de sucre glace
- 550 g de poudre d'amandes
- 3 c. à café rases de cannelle
- 1 cuillère à soupe et demi de jus de citron

Montez les blancs en neige puis ajoutez progressivement le sucre glace tout en continuant de battre le mélange au fouet. Réservez 1/4 de cette préparation pour la décoration finale. Incorporez le reste des ingrédients et mélangez en disant :
O Terre sacrée, qui produit et reproduit tout sans qui rien ne peut naître ni mûrir, accorde ce que je demande, mets dans ces herbes que tu crées les vertus bienfaisantes et magiques. Et toi, herbe puissante, sois donc propice, bénéfique, bienfaisante et permet moi

d'utiliser tes bienfaits à bon escient. Merci Terre Mère, je te salue. Merci Plante, je te salue.

Laissez ensuite reposer au réfrigérateur, sans couvrir, le récipient pendant 1h environ.

Disposez la pâte entre 2 feuilles de papier sulfurisé afin de mieux pouvoir l'étaler avec un rouleau à pâtisserie. Lorsque la pâte aura environ 1 cm d'épaisseur, utilisez des emporte-pièces pour la découper en forme d'étoiles (de sapin, d'anges... au moment de l'Avent) en disant :

Que ma misère soit effacé et mon fardeau allégé. Que soit étendu en moi et autour de moi dans ma vie matérielle et spirituelle, l'abondance, la santé, la joie et la paix.

Mettez sur la plaque du four une feuille de papier sulfurisé de façon à éviter de la salir et de faciliter le retrait des biscuits une fois cuits. Préchauffez votre four sur 130°. Il ne vous reste plus qu'à décorer le dessus des biscuits avec le mélange blanc d'œufs et sucre glace réservé en début de préparation. Enfournez 20 min à 130° en disant :

Vous, les Anges du Ciel qui connaissez tous les mystères, accompagnez-moi aujourd'hui. Dieu de Lumière, protégez-moi aujourd'hui. Que mon Chaudron Sacré bouillonne de vie et d'Amour, que le Feu emplisse ma préparation de passion, que l'Eau insuffle l'Amour, que l'Air souffle la Paix, que la Terre densifie, mélange et lie Passion, Amour et Paix. Que l'Esprit soit avec moi. Qu'il en soit ainsi.

Surveillez la cuisson de façon à ce que la surface ne brunisse pas. Les biscuits doivent rester bien blancs. Une fois cuits, laissez la porte du four entrouverte pour qu'ils continuent de sécher. Puis sortez votre plaque et attendez 4 heures avant de les détacher du papier sulfurisé pour les mettre dans une boîte en fer. Pour parfaire la décoration et ajouter du sens à vos demandes, vous pouvez ajouter du brillant alimentaire (poudre d'or ou d'argent), qu'il suffit de saupoudrer dans une assiette puis de prendre sur le bout du doigt pour lisser la surface du gâteau.

Les couleurs seront alors :

- Blanc (pour ceux que vous laissez en l'état) – représentant la pureté. Vous n'avez aucune Parole de Pouvoir à ajouter.
- Or – qui relie au Soleil. En les badigeonnant dites : *« Que la Foi vienne suppléer aux faiblesses de nos sens ; salut, honneur et bénédiction ».*
- Argent – qui relie à la Lune, dites : *« Grande Mère allume la Lumière en nos cœurs. »*

Petits gâteaux à la lavande

Très particulière comme recette, parce que l'odeur déroute un peu. Je vous promets, c'est délicieux et surtout... efficace.

<u>Utilisation magique</u> :
La lavande relie directement à la Divine Mère. Elle purifie, nettoie les astralités humaines, apaise le sommeil, dilue les angoisses, restructure et protège le psychisme et favorise la médiumnité. C'est l'herbe de protection par excellence.
<u>Ingrédients :</u>
500g de farine
228g de sucre
144 g de beurre
3 œufs
13 pincées de lavande en poudre
5 gouttes d'huile essentielle de lavande
1 sachet de levure
1 pincée de sel

Faites fondre le beurre au micro-onde (j'utilise du beurre salé). Versez dans le saladier et ajouter le sucre, la farine, la levure, l'extrait de lavande, les pincées de fleurs de lavande et enfin les œufs. A ce moment, dites :
O Terre sacrée, qui produit et reproduit tout sans qui rien ne peut naître ni mûrir, accorde ce que je demande, mets dans ces herbes que tu crées les vertus bienfaisantes et magiques. Et toi, herbe puissante, sois donc propice, bénéfique, bienfaisante et permet moi

d'utiliser tes bienfaits à bon escient. Merci Terre Mère, je te salue. Merci Plante, je te salue.

Mélangez l'ensemble jusqu'à ce que la pâte soit de la consistance d'une pâte à tarte.

Etalez-la avec un rouleau à pâtisserie et découpez diverses formes dans la pâte (comme des cœurs, des carreaux, ou des trèfles). En découpant, dites :

Par ces herbes, je te révèle, Esprit Divin de la Mère, afin que tu sois en ce lieu et que tu l'illumines de ta présence. Puisses-tu irradier en ce lieu et le purifier de toute négativité. Je le veux, c'est ma volonté, qu'il en soit ainsi !

Faites cuire sur 150° pendant 20 mn sans faire brunir.

Au moment d'enfourner, dites :

Vous, les Anges du Ciel qui connaissez tous les mystères, accompagnez-moi aujourd'hui. Dieu de Lumière, protégez-moi aujourd'hui. Que mon Chaudron Sacré bouillonne de vie et d'Amour, que le Feu emplisse ma préparation de passion, que l'Eau insuffle l'Amour, que l'Air souffle la Paix, que la Terre densifie, mélange et lie Passion, Amour et Paix. Que l'Esprit soit avec moi. Qu'il en soit ainsi.

Petits sablés à la rose

<u>Utilisation magique</u> : Favoriser la vie sociale.

<u>Ingrédients :</u>
73g d'amande en poudre
111g de farine
50g de vergeoise
1 blanc d'œuf
2 cuillères à soupe d'eau de rose et 15 pétales de roses roses

Cueillez, lavez et mixez les pétales de roses en disant :
O Terre sacrée, qui produit et reproduit tout sans qui rien ne peut naître ni mûrir, accorde ce que je demande, mets dans ces herbes que tu crées les vertus bienfaisantes et magiques. Et toi, herbe puissante, sois donc propice, bénéfique, bienfaisante et permet moi d'utiliser tes bienfaits à bon escient. Merci Terre Mère, je te salue. Merci Plante, je te salue.
Faites préchauffer votre four sur 150°. Battez le blanc de l'œuf en neige. Ajoutez au sucre en disant :
Vous, les Anges du Ciel qui connaissez tous les mystères, accompagnez-moi aujourd'hui. Dieu de Lumière, protégez-moi aujourd'hui. Que mon Chaudron Sacré bouillonne de vie et d'Amour, que le Feu emplisse ma préparation de passion, que l'Eau insuffle l'Amour, que l'Air souffle la Paix, que la Terre densifie, mélange et lie Passion, Amour et Paix. Que l'Esprit soit avec moi. Qu'il en soit ainsi.

Ajoutez ensuite l'eau de rose, la poudre d'amande et la farine. Etalez la pâte au rouleau à pâtisserie et découpez des formes à l'emporte pièce en disant :

Autant à l'intérieur qu'à l'extérieur, j'ouvre mon cœur et mes bras, j'écarte de moi les peurs et les doutes. Ma démarche et mon appel sont purs. Que les événements se créent et nous rapprochent, comme cette préparation, le souffle va nous réunir et l'odeur vous amener à moi. Je le veux, c'est ma volonté, qu'il en soit ainsi !

Faites cuire 15/20mn au four en surveillant.

Sucreries et douceurs
Fleurs de mimosa cristallisées

Des bonbons originaux, offerts par Dame Nature, à utiliser comme friandise ou pour décorer les pâtisseries.

Fleurs de mimosa cristallisées
Utilisation magique : Purification, amour et guérison.
Ingrédients :
1 belle poignée de fleurs de mimosa
1 blanc d'œuf (ou 2 selon les quantités de mimosa)
Une soucoupe de sucre glace

Cueillez des fleurs de mimosa, en disant :
O Terre sacrée, qui produit et reproduit tout sans qui rien ne peut naître ni mûrir, accorde ce que je demande, mets dans ces herbes que tu crées les vertus bienfaisantes et magiques. Et toi, herbe puissante, sois donc propice, bénéfique, bienfaisante et permet moi d'utiliser tes bienfaits à bon escient. Merci Terre Mère, je te salue. Merci Plante, je te salue.
Lavez-les et essuyez-les dans des feuilles de papier absorbant. Trempez ensuite les petits pompons jaunes dans du blanc d'œuf légèrement battu, en disant :
Par ces herbes et cette flamme, je te révèle, Esprit Divin, afin que tu sois en ce lieu et que tu l'illumines de ta présence. Puisses-tu libérer ce lieu de toute négativité. Je le veux, c'est ma volonté, qu'il en soit ainsi !
Saupoudrez de sucre glace (de préférence) et laisser sécher à l'air libre sur du papier sulfurisé.

Marrons glacés

<u>Utilisation magique :</u> Harmonie, douceur.

<u>Ingrédients :</u>

500 g de marrons, les plus gros possible

750 g de sucre

75cl d'eau

1 gousse de vanille

Ramassez les marrons en disant :

O Terre sacrée, qui produit et reproduit tout sans qui rien ne peut naître ni mûrir, accorde ce que je demande, mets dans ces herbes que tu crées les vertus bienfaisantes et magiques. Et toi, herbe puissante, sois donc propice, bénéfique, bienfaisante et permet moi d'utiliser tes bienfaits à bon escient. Merci Terre Mère, je te salue. Merci Plante, je te salue.

Incisez les marrons dans le sens le plus large avec un couteau pointu ou un cutter de façon à entailler les deux peaux mais pas la chair des fruits, en passant par la partie pointue et la partie plus claire à la base des marrons.

Les plonger dans une terrine d'eau froide. Après 5 min prélever 10 marrons, les déposer dans une casserole d'eau froide et porter à ébullition pendant 2 à 3 min, à ce moment les peaux se détachent presque toutes seules. Pelez les marrons et recommencez l'opération jusqu'à épuisement. Ceci est la partie la plus ardue car les marrons ont tendance à se briser. Déposez les marrons dans une casserole d'eau froide et portez à faible ébullition pendant 15 min (les marrons doivent être cuits à point et ne pas réduire en purée).

En fin de cuisson, jetez les marrons dans une terrine d'eau bien froide afin de les raffermir.

Dans le chaudron, mettez l'eau et le sucre. Mettez sur feu moyen, lorsque le sucre est devenu transparent augmentez le feu. Dès que le sirop bout ajoutez la gousse de vanille fendue en 2. Laissez bouillir à gros bouillons pendant 3 min en disant :

Vous, les Anges du Ciel qui connaissez tous les mystères, accompagnez-moi aujourd'hui. Dieu de Lumière, protégez-moi aujourd'hui. Que mon Chaudron Sacré bouillonne de vie et d'Amour, que le Feu emplisse ma préparation de passion, que l'Eau insuffle l'Amour, que l'Air souffle la Paix, que la Terre densifie, mélange et lie Passion, Amour et Paix. Que l'Esprit soit avec moi. Qu'il en soit ainsi.

Laissez reprendre l'ébullition et laissez à frémissement pendant 1 min. Éteignez le feu et laissez refroidir tel quel 24 heures.

Le lendemain égouttez les marrons et portez le sirop à ébullition pendant 3 à 4 min puis plongez les marrons et laissez frémir pendant 3 min, les égouttez avec une écumoire en disant :

Lorsque nous serons rassemblés, nous serons tous dans la même douceur, dans la même harmonie dont les Maîtres mots seront écoute et partage. Les ingrédients qui forment ce charme vont agir tous ensemble pour amener douceur, bonheur et préserver une bonne entente. Que le partage et l'amour familial règne entre tous. Je le veux, c'est ma volonté, qu'il en soit ainsi !

Renouvelez l'opération le 3ème et 4ème jour. Pour terminer, sortir les marrons refroidis et les poser sur du papier sulfurisé à l'air libre afin qu'ils sèchent. Le sirop restant pourra aromatiser des yaourts ou du fromage blanc.

Pétales de rose au sucre

<u>Utilisation magique :</u>
- Rouges : Amour, passion
- Blanches : Médiumnité, Divination, relie aux forces de l'inconscient.
- Jaunes : Richesse spirituelle
- Roses : Amitié, favorise la vie sociale

<u>Ingrédients :</u>
1 rose TRÈS parfumée non traitée
2 blancs d'œufs
Sucre cristallisé (pas de sucre glace)

Cueillez les roses du jardin, en disant :
O Terre sacrée, qui produit et reproduit tout sans qui rien ne peut naître ni mûrir, accorde ce que je demande, mets dans ces herbes que tu crées les vertus bienfaisantes et magiques. Et toi, herbe puissante, sois donc propice, bénéfique, bienfaisante et permet moi d'utiliser tes bienfaits à bon escient. Merci Terre Mère, je te salue. Merci Plante, je te salue.

Enlever les pétales de la rose. Battre un peu 2 blancs d'œufs au fouet pour les liquéfier légèrement. A ce moment dites :
- Pour les roses rouges
Je révèle le pouvoir magique de ces plantes, symboles de notre amour et de notre passion. Que le pouvoir de Vénus pénètre ce mélange pour qu'il prenne force et devienne agissant. Par l'Ange d'amour qui est plus fort que la raison, que notre amour traverse le temps et se fortifie sur tous les plans. Que les forces divines

bénissent notre union. Je le veux, c'est ma volonté, qu'il en soit ainsi !

- Pour les roses blanches ou jaunes

Herbes sacrées, je vous demande d'agir afin que celui et celle qui vous mangent aient accès à toutes les connaissances et compréhensions dans ses études et qu'il (elle) soit aidé(e) et favorisé(e) pour sa réussite par votre soutien, votre aide, votre bienveillance. Je le veux, c'est ma volonté, qu'il en soit ainsi !

- *Pour les roses roses*

Autant à l'intérieur qu'à l'extérieur, j'ouvre mon cœur et mes bras, j'écarte de moi les peurs et les doutes, repousse la tristesse. Ma démarche et mon appel sont purs. Que les événements se créent et nous rapprochent. Comme cette huile, le souffle va nous réunir et l'odeur vous amener à moi. Je le veux, c'est ma volonté, qu'il en soit ainsi !

Tremper les pétales un par un dans le blanc d'œufs puis faire un aller-retour dans le sucre cristallisé (ne pas en mettre de trop, mettre une couche fine et régulière). Les déposer sur une plaque antiadhésive ou recouverte de papier de cuisson pour que les pétales, en se cristallisant, ne se cassent pas. Laisser cristalliser quelques heures (les pétales doivent durcir).

Noix confites

Cette recette nous arrive tout droit du Moyen-âge.

<u>Utilisation magique</u> : favoriser la communication
<u>Ingrédients :</u>
50g de cerneaux de noix (ou avec des noix de pécan)
50g de miel
12 clous de girofle
2 cuillères à café de gingembre en poudre

Cassez les noix et extrayez les cerneaux en disant :
O Terre sacrée, qui produit et reproduit tout sans qui rien ne peut naître ni mûrir, accorde ce que je demande, mets dans ces herbes que tu crées les vertus bienfaisantes et magiques. Et toi, herbe puissante, sois donc propice, bénéfique, bienfaisante et permet moi d'utiliser tes bienfaits à bon escient. Merci Terre Mère, je te salue. Merci Plante, je te salue.
Faites chauffer doucement le miel, les clous de girofle et le gingembre en disant :
Vous, les Anges du Ciel qui connaissez tous les mystères, accompagnez-moi aujourd'hui. Dieu de Lumière, protégez-moi aujourd'hui. Que mon Chaudron Sacré bouillonne de vie et d'Amour, que le Feu emplisse ma préparation de passion, que l'Eau insuffle l'Amour, que l'Air souffle la Paix, que la Terre densifie, mélange et lie Passion, Amour et Paix. Que l'Esprit soit avec moi. Qu'il en soit ainsi.
Otez du feu et ajoutez les noix, portez à ébullition puis après une ou deux mn, baissez le feu et laissez cuire 5 à

10 mn en remuant délicatement de temps en temps et en disant :

Autant à l'intérieur qu'à l'extérieur, j'ouvre mon cœur et mes bras, j'écarte de moi les peurs et les doutes, repousse la tristesse. Ma démarche et mon appel sont purs. Que les événements se créent et nous rapprochent, comme cette huile le souffle va nous réunir et l'odeur vous amener à moi. Je le veux, c'est ma volonté, qu'il en soit ainsi !

Enlevez les noix et laissez-les refroidir sur assiette ou sur plaque à découper. Conservez-les dans une boîte en fer.

Truffes au chocolat

Complexité : Très facile mais surtout très amusant de se salir les mains, et puis, le prix de revient n'est onéreux du tout.

Utilisation magique : Attirer la réussite

Ingrédients :

300g de chocolat à cuire (noir)

100g de beurre ramolli (je mets du beurre salé)

100g de sucre glace

2 cuillères à soupe d'eau

2 cuillères de crème fraîche

1 paquet de cacao non sucré

Pour les parfumer, au choix :

- Remplacez le sucre glace par du miel,
- Ajouter une cuillère de café en poudre,
- Ajoutez deux sachets de sucre vanillé,
- Ajoutez une cuillère à café de fleur d'oranger,
- Ajoutez une cuillère à café d'eau de rose.

Faites fondre le chocolat avec les 2 cuillères d'eau pendant 2mn au four micro-ondes en disant :

Vous, les Anges du Ciel qui connaissez tous les mystères, accompagnez-moi aujourd'hui. Dieu de Lumière, protégez-moi aujourd'hui. Que mon Chaudron Sacré bouillonne de vie et d'Amour, que le Feu emplisse ma préparation de passion, que l'Eau insuffle l'Amour, que l'Air souffle la Paix, que la Terre densifie, mélange et lie Passion, Amour et Paix. Que l'Esprit soit avec moi. Qu'il en soit ainsi.

Mélangez vigoureusement et ajoutez beurre, sucre glace et crème fraîche en disant :

Par les Sceaux sacrés, je me relie aux Puissances de l'Univers et aux Forces Divines afin que cette préparation ait le pouvoir d'aimanter la réussite. La Corne d'Abondance déverse sur ceux qui mangeront ses mille cadeaux, ses milles bienfaits, sous toutes leurs formes.
Je le veux, c'est ma volonté, qu'il en soit ainsi !

Versez la pâte dans une terrine et laissez durcir pendant 2 heures.

Formez des boulettes que vous roulez dans le cacao non sucré.

Note

Les enfants adorent réaliser cette recette, car cela permet de "patouiller le chocolat. C'est sage de protéger leurs vêtements avec un grand torchon accroché au moyen d'une pince à linge (dans le cou). Pour votre réception de Noël, préparez de petits ballotins que vous poserez à droite de l'assiette ou sur la serviette directement.

Pains
Pain aux algues

Recette pour 1 pain de 750g
<u>Utilisation magique</u> : Favoriser l'abondance
<u>Ingrédients :</u>
500 g de farine
30cl d'eau
3 cuillères à soupe d'huile d'arachide
30g de levure de boulanger (ou 1 sachet de levure en grain)
50g de beurre
10g de sel
37g de paillettes de laitue de mer (ou 10g si vous souhaitez que le goût iodé soit moins prononcé)
10g de sucre
10g de lait en poudre

Faites gonfler la levure (sèche) dans 3 cuillères à soupe d'eau chaude.
Mettez les ingrédients liquides dans le bac de la machine à pain (eau, huile et beurre), puis la farine et les ingrédients solides (sans la laitue de mer), ajoutez à la fin la levure en disant :
Vous, les Anges du Ciel qui connaissez tous les mystères, accompagnez-moi aujourd'hui. Dieu de Lumière, protégez-moi aujourd'hui. Que mon Chaudron Sacré bouillonne de vie et d'Amour, que le Feu emplisse ma préparation de passion, que l'Eau insuffle l'Amour, que l'Air souffle la Paix, que la Terre densifie, mélange et lie

Passion, Amour et Paix. Que l'Esprit soit avec moi. Qu'il en soit ainsi.

Faites fonctionner la machine jusqu'au retentissement de la sonnerie où vous ajoutez les paillettes de laitue de mer en disant :

Par les Sceaux sacrés, je me relie aux Puissances de l'Univers et aux Forces Divines afin que cette préparation ait le pouvoir d'aimanter la réussite. La Corne d'Abondance déverse sur ceux qui mangeront ses mille cadeaux, ses milles bienfaits, sous toutes leurs formes. Je le veux, c'est ma volonté, qu'il en soit ainsi !

Et laissez cuire.

Note

Le goût de l'algue peut être dérangeant, évitez donc d'en mettre trop pour un premier essai. Certaines recettes préconisent jusqu'à 200g d'algues... je conseille vivement d'en mettre peu au début et de refaire la recette en augmentant les quantités jusqu'à obtenir le goût souhaité. Accompagne avantageusement un plateau de fruits de mer, des huîtres ou des coquilles Saint-Jacques. Attention à l'allergie à l'iode.

Pain aux graines de lin

Au Trégor, à cette Mer de Lin bleu.

Utilisation magique : Protection
Ingrédients :
270ml d'eau
1 yaourt
50g de beurre
1 cuillère à soupe de lait en poudre
1 cuillère à soupe de sucre
1 cuillère à café de sel
5 cuillères à café de graines de lin (ou 10)
500g de farine blanche
1 sachet de levure spéciale machine à pain

Hydratez la levure dans 3 cuillères à soupe d'eau tiède pendant 15 mn. Mettez les ingrédients liquides dans la machine à pain dans l'ordre de la liste en disant :
O Terre sacrée, qui produit et reproduit tout sans qui rien ne peut naître ni mûrir, accorde ce que je demande, mets dans ces herbes que tu crées les vertus bienfaisantes et magiques. Et toi, herbe puissante, sois donc propice, bénéfique, bienfaisante et permet moi d'utiliser tes bienfaits à bon escient. Merci Terre Mère, je te salue. Merci Plante, je te salue.
Ajoutez ensuite le sucre, le sel, la cuillère de lait en poudre et enfin les graines de lin et la farine en disant :
Par la puissance de ces aliments, j'invoque les forces divines, à m'assurer protection. Qu'il en soit ainsi, ici et maintenant.

Il ne vous reste alors que la levure à ajouter. Programmez sur pain blanc et lorsque la cuisson commence, dire :

Vous, les Anges du Ciel qui connaissez tous les mystères, accompagnez-moi aujourd'hui. Dieu de Lumière, protégez-moi aujourd'hui. Que mon Chaudron Sacré bouillonne de vie et d'Amour, que le Feu emplisse ma préparation de passion, que l'Eau insuffle l'Amour, que l'Air souffle la Paix, que la Terre densifie, mélange et lie Passion, Amour et Paix. Que l'Esprit soit avec moi. Qu'il en soit ainsi.

Pain aux noix et aux figues

Accompagne le foie gras et les fromages.

Recette pour 1 pain de 750g
<u>Utilisation magique</u> : Raviver la flamme amoureuse
<u>Ingrédients :</u>
270 ml d'eau
2 cuillères à soupe d'huile de noix
1 yaourt
1 cuillère à café de sel bombée
2 cuillères à soupe de lait en poudre
37g de noix concassées mais non moulinées
7 figues sèches coupées en petits morceaux
1 cuillère à café de sucre bombée
500 g de farine (ou 400g de farine céréales et 100g de farine blanche)
30g de levure de boulanger (ou 1 sachet de levure en grain)

Mettez les ingrédients liquides dans le bac de la machine à pain (eau et beurre), puis les ingrédients solides dans l'ordre de la liste en disant :
Vous, les Anges du Ciel qui connaissez tous les mystères, accompagnez-moi aujourd'hui. Dieu de Lumière, protégez-moi aujourd'hui. Que mon Chaudron Sacré bouillonne de vie et d'Amour, que le Feu emplisse ma préparation de passion, que l'Eau insuffle l'Amour, que l'Air souffle la Paix, que la Terre densifie, mélange et lie Passion, Amour et Paix. Que l'Esprit soit avec moi. Qu'il en soit ainsi.

Faites fonctionner la machine jusqu'au retentissement de la sonnerie où vous ajoutez les noix et les figues sèches en disant :

Les yeux de mon partenaire sont comme le soleil, ils brûlent d'amour pour moi, son corps est chaud comme la Terre, sa peau est douce comme la rosée et lorsque le moment sera là, nous ne ferons plus qu'un. O Vénus, Déesse de l'amour, fais que nous puissions partager un amour torride, fusionnel, puissant, fou et irrésistible. Je le veux, c'est ma volonté, qu'il en soit ainsi !

Et laissez cuire.

Pain Brioché à la Lavande

Utilisation magique : Relier à la Mère et favoriser la réussite

Ingrédients :

288ml de lait

2 œufs

30 g de beurre

50g de sucre glace

½ cuillère à café de sel

3 gouttes d'huile essentielle de lavande

3 cuillères à soupe de lavande

444g de farine

1 sachet de levure Battez les œufs en omelette. Faites gonfler la levure dans 3 cuillères à soupe d'eau chaude pendant 15 mn. Mettez les ingrédients liquides (y compris le beurre) dans la machine à pain. Ajoutez le sel, le sucre glace et la farine, puis la levure en disant :

O Terre sacrée, qui produit et reproduit tout sans qui rien ne peut naître ni mûrir, accorde ce que je demande, mets dans ces herbes que tu crées les vertus bienfaisantes et magiques. Et toi, herbe puissante, sois donc propice, bénéfique, bienfaisante et permet moi d'utiliser tes bienfaits à bon escient. Merci Terre Mère, je te salue. Merci Plante, je te salue.

Lorsque la sonnerie de fin de pétrissage retentit, mettez l'huile essentielle de lavande et les 3 cuillères à soupe de fleurs de lavande en disant :

Au nom des Puissances Supérieures, que la Force et la Puissance Divine descendent dans cette préparation afin

qu'elle puisse me protéger et favoriser la réussite de mes demandes qui sont... Je le veux, c'est ma volonté, qu'il en soit ainsi !

Enfin, lorsque la cuisson commence, dites :

Vous, les Anges du Ciel qui connaissez tous les mystères, accompagnez-moi aujourd'hui. Dieu de Lumière, protégez-moi aujourd'hui. Que mon Chaudron Sacré bouillonne de vie et d'Amour, que le Feu emplisse ma préparation de passion, que l'Eau insuffle l'Amour, que l'Air souffle la Paix, que la Terre densifie, mélange et lie Passion, Amour et Paix. Que l'Esprit soit avec moi. Qu'il en soit ainsi.

Pain Sésame, ouvre-toi !

<u>Utilisation magique</u> : Révélation de secrets
<u>Ingrédients</u> :
2 cuillères à soupe d'huile
310 ml d'eau
1 cuillère à café de sucre, de sel, de cumin
1 cuillère à soupe de lait en poudre
3 cuillères à soupe bombées de graines de sésame
153g de Farine de blé noir
365g de farine blanche
1 sachet de levure sèche en grains

Dans un petit récipient mettez la levure avec 3 cuillères à soupe d'eau tiède. Laissez se dissoudre et gonfler. Mettez dans la machine à pain les ingrédients liquides en disant :
O Terre sacrée, qui produit et reproduit tout sans qui rien ne peut naître ni mûrir, accorde ce que je demande, mets dans ces herbes que tu crées les vertus bienfaisantes et magiques. Et toi, herbe puissante, sois donc propice, bénéfique, bienfaisante et permet moi d'utiliser tes bienfaits à bon escient. Merci Terre Mère, je te salue. Merci Plante, je te salue.
Ensuite, ajoutez le sucre, le sel, le cumin, le sésame et enfin la farine en disant :
Vous, les Anges du Ciel qui connaissez tous les mystères, accompagnez-moi aujourd'hui. Dieu de Lumière, protégez-moi aujourd'hui. Que mon Chaudron Sacré bouillonne de vie et d'Amour, que le Feu emplisse ma préparation de passion, que l'Eau insuffle l'Amour, que

l'Air souffle la Paix, que la Terre densifie, mélange et lie Passion, Amour et Paix. Que l'Esprit soit avec moi. Qu'il en soit ainsi.

Enfin, ajoutez la levure et dites :

Les forces de l'univers ouvrent pour moi de nouvelles portes secrètes grâce auxquelles je rencontre bonheur, réussite et reconnaissance. Je le veux, c'est ma volonté, qu'il en soit ainsi !

Epilogue & bibliographie

Je souhaite rendre un hommage vibrant et respectueux à deux auteurs qui ont largement influencé ma vie de Mage Cuisinière, Françoise Bernard pour ses recettes faciles et Scott Cunnigham pour son travail lié aux plantes et à la Magie.

Grâce à eux...

Plantes :

- Encyclopédie des Plantes Magiques de Scott Cunningham - Editions www.AdA-inc.com
- Wicca in the kitchen Scott Cunningham
- La Magie des plantes – concordance Jour, Planète, Elément
  http://www.andora.fr/magie-blanche/plantes

Symbolisme :

- La symbolique de la messe de M.-D. PHILIPPE O. P.
- Les Nombres - Symbolisme et Propriétés de Steve Desrosiers
- ABC de la Magie Traditionnelle de Patrick Guérin aux Editions Grancher
- Les 60 rituels secrets de la magie du sel de Charles Lebonhaume aux éditions Trajectoire
- Dieu expliqué à mes petits-enfants de Jacques Duquesne aux Editions Seuil
- Obod la Clairière des Carnutes www.carnutes.com

Recettes culinaires :

- Les recettes faciles de Françoise Bernard - Editions Hachette pratique
- 400 recettes pour amoureux d'Héloïse Martel – First Éditions
- Les crêpes et les galettes – recettes de Bertrand Denis Editions Ouest France
- Pains d'hier et d'aujourd'hui de Mouette Barboff
- Les incontournables recettes, Les plus grands succès Weight Watchers
- Wok ! d'Héloïse Martel – First Editions
- Rêves de Menus www.revedemenus.com

- Le Mesnagier de Paris de Josy Marty-Dufaut aux Editions Heimdal
- Les confitures
  http://francis.demange1.free.fr/article_confiture.htm
- *www.750g.com*
- Le journal Ouest-France - édition du dimanche
- Carnets de timbres de la Poste
- Recettes Télé 7 Jours

Pour une agriculture bio :

www.graines-et-plantes.com

Les algues :

http://www.passeportsante.net/fr/Nutrition/Encyclopedie
Aliments/

A propos de l'auteur Catherine d'Auxi

Médium auditive de naissance, cette capacité héréditaire me vient de mon père et de mon arrière grand-mère paternelle, Angèle, qui était magnétiseuse, cartomancienne et Mage cuisinière. Elle m'a transmis le Savoir ancestral des plantes, aliments et les formules magiques.

En qualité d'auteur, j'écris, je capte, je collecte divers ouvrages comme Energia qui initie aux soins, Apprendre la Cartomancie en collaboration avec Jeanne Esprit relai, la Sélection Magie en collaboration avec Angèle Esprit relai et enfin la Sélection Spiritualité axée principalement sur l'Egrégore catholique.

Sur Terre, je suis aidée, soutenue par Yann, mon mari Médium Spirite et par mon amie Armelle, relectrice et testeuse assidue. Les recettes ont été testées par Virginie et Céline avec cœur. Que tous soient remerciés.

Il m'a été demandé, par les Esprits captés, de transmettre, la Connaissance n'ayant aucun sens si elle s'arrête à une personne. C'est ce que je m'efforce de réaliser.

Cette qualité d'auteur est en complément logique de mon activité de Voyante que j'exerce par téléphone, Cabinet ou Skype.

Découvrez le site de Voyance et le magazine ésotérique sur internet.

www.catherinedauxi.com et www.diamantvoyance.fr

Ouvrages de l'auteur déjà parus

- *Sélection Divination*
  - Le Jeu Divinatoire de Catherine Cartomancienne.
  - Le jeu de cartes assorti.

- **Energia – Egrégore catholique**

- *Sélection Magie*
  - Crêpes, galettes et confitures en Cuisine Magique.
  - De l'utilité des Poudres Magiques…
  - Sexus Magicus (la Magie Sexuelle).

- *Sélection spiritualité*
  - Le Guide du Grand Passage.
  - Recueil de Prières.
  - Mai le mois de Marie.

Pour vous procurer ces ouvrages :

- Sur la boutique des sites internet
  http://www.catherinedauxi.com
  http://www.diamantvoyance.fr
- Par téléphone au 02 96 38 04 52

Droits d'auteur et exclusions de responsabilité

Objet

L'objet du livre est de permettre au public d'accéder à des informations en développant sa compréhension et son apprentissage. Catherine d'Auxi est ci-après dénommée : l'auteur.

Exclusion de responsabilité quant à l'utilisation d'informations

Par la présente clause, l'auteur décline toutes responsabilités découlant de l'utilisation d'informations ou de données fournies. L'auteur ne saurait être tenus pour responsables d'une quelconque conséquence – financière ou autre – résultant de l'utilisation d'informations ou de données fournies dans ce livre, notamment de l'utilisation inappropriée, incorrecte ou frauduleuse de ces informations. La consultation du livre implique automatiquement la pleine acceptation de la présente clause de non-responsabilité.

Contenu de l'offre

L'auteur décline toute responsabilité quant à l'exactitude, l'intégralité ou la qualité des informations mises à disposition. Les demandes de responsabilité vis-à-vis de l'auteur se reportant à des dommages qui résultent de l'utilisation des informations proposées ou de l'utilisation d'informations incorrectes ou incomplètes sont exclues. La responsabilité du lecteur est pleine et entière et il en a été averti. Le contenu est valable sans engagement et sans réserve. L'auteur se réserve expressément le droit de modifier, compléter, supprimer pages ou parties sans notification préalable ou d'en stopper, temporairement ou définitivement la publication.

Erreurs

L'auteur n'est pas en mesure de garantir l'absence d'erreurs dans cet ouvrage, d'autant que les significations peuvent être adaptées au cas par cas. Cependant, il s'efforce, le cas échant, de corriger celles qui sont portées à leur attention.

Sites internet

L'auteur décline toute responsabilité quant au contenu de sites internet qui comporteraient une référence à cet ouvrage de Catherine d'Auxi.

Déclarations légales et fiscales

Cet ouvrage est destiné à un usage personnel n'incluant pas de transferts financiers. S'il devait déboucher sur un exercice professionnel, l'auteur vous rappelle qu'il n'y a pas de limite inférieure pour s'inscrire à l'URSSAF, un organisme de retraite, aux impôts... et que vous avez obligation de vous immatriculer, quel que soit le statut choisi – auto-entrepreneur, Travailleur Indépendant... Dans le cas contraire, l'auteur décline déclinent toute responsabilité quant au non respect de ces obligations légales.

Efficacité juridique de cette exclusion de responsabilité

Cette exclusion de responsabilité doit être considérée comme partie intégrante de l'ouvrage. Si des parties ou des formulations de ce texte ne correspondent pas, plus ou pas totalement à la situation juridique en vigueur, la validité et le contenu des autres parties du document restent inchangés.

Sommaire

LÉGUMES 211

DESSERTS

PETITS GÂTEAUX

Printed in Great Britain
by Amazon